박제

박제

장순혁 시집

바른북스

|||||||||||||||||||||||||||||||||||||||||||||||||||||||||||||||||||||||||||||||||||||||||||||||||

안녕하세요, 장순혁입니다.
2020 한국문학방송 신인상으로 등단했습니다.

|||||||||||||||||||||||||||||||||||||||||||||||||||||||||||||||||||||||||||||||||||||||||||||||||

책

《신축년 가을 시인들》(출판사 : 챕터투 / 출간일 : 2021.12.30.) / 공동 저자

E Book

《날개가 붙어버린 새》(출판사 : 한국문학방송 / 출간일 : 2020.10.28.)

《작별을 대하는 방법》(출판사 : 북팟 / 출간일 : 2021.03.05.)

POD(Publish On Demand) Book

《세상의 모든 딸들》(출판사 : 북팟 / 출간일 : 2021.03.11.)

《인공위성》(출판사 : 북팟 / 출간일 : 2021.03.11.)

《일월, 지하실》(출판사 : 북팟 / 출간일 : 2021.03.11.)

《상한 것들》(출판사 : 북팟 / 출간일 : 2021.03.11.)

《누가 무지개를 부쉈나》(출판사 : 북팟 / 출간일 : 2021.03.11.)

《달이 보이지 않는 밤》(출판사 : 북팟 / 출간일 : 2021.03.11.)

《어지럼증》(출판사 : 북팟 / 출간일 : 2021.03.11.)

《귀향》(출판사 : 북팟 / 출간일 : 2021.03.11.)

《결핍》(출판사 : 북팟 / 출간일 : 2021.03.11.)

경력

한국문학방송 / '2020년 한국문학방송 신인문학상 원고 공모' /

결과 : 등단 / (2020.10.01.)

산문시 전문 웹진 월간 통섭회 / '2021년 1월호《월간 통섭회》산문시 공모' /

결과 : 산문시 게재 / (2021.01.27.)

고마노㈜ / '제1회 고마노 시문학 공모전' / 결과 : 장려상 / (2021.04.12.)

대한민국최고연설선발중앙회 / '대한민국 삼행시 공모전' /

결과 : 우수상 / (2021.11.02.)

모닥불 APP / '2021 캠프파이어' / 결과 : 입상 / (2021.11.13.)

윤동주 세계대회 / '제1회 윤동주 글짓기, 시 낭송 세계대회' / 결과 : 입선 /

(2021.12.21.)

동네책방 지구불시착 / '2021 #지불문학상' / 결과 : 우수상 / (2021.12.24.)

종합 문예지 계간《다시올문학》 / '2022년도 계간 다시올문학 신인상 작품공모' /

결과 : 당선 / (2021.12.27.)

활동

더 폴락 / '7th 아마도 생산적 활동' /

시집《시를 잃은 그대에게》와 각종 굿즈 판매 / (2021.11.20~21.)

| 차례 |

Q. 왜 글을 쓰십니까

A. 돈을 벌려고요

Q. 왜 돈을 벌려고 하십니까

A. 돈 못 버는 글을 쓰려고요

제 생에
첫 공식 종이책입니다.

제 마음대로 쓴 시들을 여러분들께 읽으라고
강요할 수는 없단 걸 압니다.
여러분들이 저의 시를 읽고 재미없다고 넘겨버려도,
무시하셔도 괜찮습니다.
다만 이런 저의 보잘것없는 시일지라도
여러분들이 즐거움이나 기쁨을 느끼시고 공감하신다면,
저의 시를 읽고 여러분들의 고된 삶을
잠시나마 견딜 힘이 되어드릴 수 있다면
저는 무척이나 행복할 것 같습니다.

시를 쓰며 마마무 님들의 노래를 많이 들었습니다.
외로울 때에도, 힘들 때에도,
즐거울 때에도, 기쁠 때에도
마마무 님들의 노래를 듣고 감정을 추슬렀습니다.
좋은 노래를 들려주셔서 감사합니다.

표지를 그려주신 안동훈 작가님(@inside_east98)과
책의 멋진 사진들을 맡아주신
김홍 작가님(@hong___pic),

저의 가족들과 친구들,
제 글을 좋아해 주시는 모든 분들께,
그리고 어리숙한 아홉 살 소년의 손을 잡아주고
고향이라는 것의 의미를 가르쳐준
제천시에게 감사합니다.

부모님의 아들이란 것과 형의 동생이란 것,
친구들의 친구란 것과
여러분들이 좋아해 주시는 글을 쓴 작가라는 것,
제천시에서 살아가는 시민이라는 것이
너무나 자랑스럽습니다.

• 이 책은 제천문화재단, 제천시의 지원을 받아 만들어졌습니다.

첫 번째
10일간의 기록
(2021 / 12 / 12 ~ 22)

2021. 5. 20. 의림지

1 - 30

꼬리

우연이라는 말로
우리 둘을 축약하기에는
너무나 부족하겠지요

우연에 우연이 겹쳐지면
결국 필연이 되는 것이니까요

밝은 태양이
얇은 구름에 막히고
그 구름 사이를
뚫은 비들이
내게 닿으면
나는 괜시리
그대의 꽁지머리를 매만지며
소나무 아래 앉아
비를 피하고는 합니다

만약이라는 말로
우리 미래를 그리기에는
너무나 한적하겠지요

만약에 만약이 겹쳐지면
결국 현실이 되는 것이니까요

밝은 태양이
구름들을 몰아내고
빈 허공의 안을
채운 빛들이
내게 닿으면
나는 개운히
기지개를 켜고 일어나 그대에게
돌아갈 시간임을
작게 귀에 속삭입니다

조(詔)

한때는 나도 그대의 자랑이었습니다

나를 보는 그대의 눈길에는 온기가 가득했었고
나를 안은 그대의 숨결은 나를 녹였습니다

이제는 더는 느낄 수 없는
그대의 눈길과 그대의 품이지만
나는 그것들을 아직 기억합니다

소리 내어 울어보면
하늘에 나의 울음이 닿을까요
나의 울음이 닿은 하늘이 그대에게
나의 울음을 전해주려나요

*

한때는 나도 그대의 사랑이었습니다

나를 적는 그대의 글자에는 정성이 가득했었고
나를 품은 그대의 속은 날 평안케 했습니다

이제는 더 이상 알 수 없는
그대의 글자와 그대의 속이지만
나는 그것들을 아직 기억합니다

찢어지게 아파하면
바람에 나의 아픔이 실릴까요
나의 아픔이 실린 바람이 그대에게
나의 아픔을 전해주려나요

떠난 친구에게

친구야.
그곳은 어떻니?
춥지는 않니?
나쁜 사람들은 없니?
너의 아픔은 나아졌니?
이제는 행복하니?
아직 나비를 보면
놀라며 좋아하니?
하늘을 수놓는 새들의 비행에
너도 모르게 감탄하니?
너가 떠난 지 일 년이 됐어.
후회하지는 않니?
너가 후회하지 않는다면
나도 괜찮아.
언젠가 내가
너를 보러 가는 날이 오면
마중 나와 줄래?
왜 일찍 왔냐고
괜시리 타박해줄래?
친구야.
많이 보고 싶어.

친구야.

그곳은 어떻니?

울지는 않니?

나쁜 감정들은 없니?

너의 아픔은 덜해졌니?

이제는 행복하니?

아직 일몰을 보면

한없이 쓸쓸하니?

하늘을 뒤덮은 구름의 뭉침에

너도 모르게 한숨 뱉니?

너가 떠난 지 일 년이 됐어.

미련 있지는 않니?

너가 미련들이 없다면은

나도 괜찮아.

언젠가 내가

너를 찾아가는 날이 오면

날 기다려줄래?

보고 싶었다고

따스히 말해줄래?

친구야.

많이 보고 싶어.

화살

그대의
서슬 퍼런 눈길을
마주하고 나서야
나는 깨닫게 되었소

그대가 짊어진 짐과
그대가 내게 준 짐들과
그대의 어깨에 매달린 악몽과
그대의 목을 조이는 불안함을
나는 보게 되었소

누군가가 날린 화살이
하늘 사이를 찢으며 날아가오

하늘을 가로지르는 매를 잡으려는 것인지
아니면 매에게 길을 일러주려는 것인지
이제는 어렴풋이나마 알 것 같소

*

그대가
원한 나의 모습을
바라보고 나서야
나는 깨닫게 되었소

내가 짊어져야 할 짐과
내가 다음으로 이어야 할 횃불과
나의 어깨에 올려진 마른 손과
나의 목을 조이려는 사슬낫을
나는 보게 되어버렸소

누구들의 미운 원망이
나의 가슴에 처절하게 박혔소

나에게 그 아픔과 고통을 알리려는 것이지
아니면 누구에게든 말하고 싶은 것인지
이제는 조금이나마도 모르겠소

무단투기

죽음이란 무엇일까
심장 박동이 멈추는 것이거나
생각이 멈추는 것이거나
의식을 잃은 것일까

죽음은 평소에는 모습을 숨기기에
우리는 죽음을 볼 수 없다
우리가 생사의 고비에서 힘겹게 걸음을 이어갈 때
그때 불쑥 나타나 우리의 실낱같은 생명을
그 긴 낫으로 잘라 둘둘 말고는 팔찌로 만드는 것이다

나는 죽음을 안다
그렇기에 죽음은 죽지 못함을 안다
어쩌면 죽음이 우리를 죽이는 것은
본인의 상황에 대한 불만족일 수 있다

꽃 위에서 살랑거리며
나팔거리는 나비는
더 이상 진화할 것이 없기에
두 번 다시 번데기가 되지 않는다

그렇다
죽음은 진화를
촉진하고 발전시키며
자기를 막으라고 지원했다

만약 우리가 죽음마저 죽일 수 있는
연구 결과를 결국 발견해낸다면

자기가 죽기 위해
수많은 생명을 죽인 죽음에게
우리는 연구 결과를 내주어야 할까?

아니면 우리의 소중한 연구 결과를
깊고도 깊은 바다 한가운데,
혹은 용암이 흐르는 활화산에
던져버려야 할까?

나는 그대고 그대는 죽음이다
죽음은 그대고 그대는 나다
우리는 우리는 우리는 하나다
그대는 나는 그대는 우리는 하나다

톱니바퀴

새벽 여섯 시,
엘리베이터 버튼을 누르고,
그 앞에서 한참을 서있는다,
누군가 옆에 와서 선다,
옆집 아주머니다,

이제 출근하시는 거예요?
저도 그래요.
오늘 하루도 힘내세요!

차마 나는 지금이
퇴근길이라고 말할 수 없었다,
그저 가만히 고개만 끄덕였다,

엘리베이터에서 내려,
소화전 옆 좌측 복도로 간다,
익숙하게 열쇠를 들고 문을 연다,

늘 색다르게 느껴지는 정적은
오늘도 나의 귀를 멀게 한다,

이제 잠을 자야 한다,
아니 그 전에 밥을 먹어야 한다,
아니 그 전에 먼저 씻어야 한다,
집에 오자마자 집에서 나갈 준비를 해야 한다,

오늘 밤에 입을 옷들을 미리 방 한구석에 챙겨놓는다,
씻고 난 후 밥을 먹는다,
다 정리하고 나서 잠을 청한다,

내일도 오늘과 다르지는 않을 것이다,
어제와 오늘도 다르지는 않았으니까,

나에게 허락된 것은 오직 쉼표뿐이다,
나는 나의 온점을 빼앗겼기에,
그저 쉬고 나아가고 쉬고 나아가고,
죽을 것 같으면 쉬고,
죽지 않을 것 같으면 나아가고를 반복하는 것이다,

잊고 또 지움이란

그대를 잊을 수 있으면은
나는 당연히
그대를 잊겠소

그대를 잊고는
침대에 누워
단잠을 기쁘게 누리리오

나의 꿈은 온통 그대뿐이니
꿈 없이 자던 밤을 위해
그대를 내 꿈에서 지우겠소

영원히 내게 나타나지 마소
눈물 없는 그 밤을 향해
기쁨으로 나는 나아갈 테니

당연히 떠오르는 그대를
나는 맥없이 지울 테니
그대는 떠나가오

부디 그대 떠나오
나는 힘겹게 지울 테니
무작정 생각나는 그대를

잊혀지고 지워진 그대는
나를 잊고 또 지우고는
생을 살아가오

그댈 사랑하오
그댈 잊고 또 지우고는
삶을 살도록 하겠소 나는

너의 삶을

너의 삶을 내가 조립할 수 있다면 나는

행복과
기쁨과

즐거움과
밝아짐과
소란함과

아름다움과
꽃들이 핌과
태양이 뜸과
긍정적임을

모아 조립하겠노라

너의 꿈도 내가 조각할 수 있다면 나는

절망과
고통과

두려움과
무서움과
괴로움과

부정적임과
한의 맺힘과
악의 전달과
가여워함을

빼고 조각하겠노라

풀꽃 같은 나

나의 하루는
대부분 보잘것없고
거의가 한산하지

나의 주위에는
가족도, 친구도 없고
연인도 없기 때문에
언제나 자리가 널찍하지

혹시 그대가
나의 하루를 보고 싶다면
나는 괜찮아

나의 주위에는
감정도, 생각도 없고
사람도 없기 때문에
그대는 편하게 볼 수 있어

그대의 시선을 의식해
뻣뻣하게 굳는 나의 몸과
불안한 시선 처리는 이해해줘
이런 적은 처음이라서 그래

그대의 존재가 부담돼
자그맣게 떠는 나의 숨과
그댈 훔쳐보는 눈을 이해해줘
누가 날 보면 무서워서 그래

비록 어색한 나의 하루지만
그대가 재밌게 봐줬으면 해

재미없고 지루한 나지만은
그대가 내 곁에 있어 줬음 해

윤슬

그 낮 동안의 너를
나는 기억한다

햇빛과의 만남에
자연스럽게 생겨난 윤슬을
나는 기억한다

바다가 부서지고
파도가 조각나 거품이 되고
바위가 조각나 모래가 됨을
나는 기억한다

고향의 물결들이
제 몸을 부딪쳐 가루가 되고
제 몸을 깎아서 기반이 되고
제 몸을 솟구쳐 구름이 됨을
나는 기억한다

바다가 부서지고
방파제가 조각나 돌이 되고
낚싯대를 먹고는 침묵함을
나는 기억한다

달빛과의 만남에
자연스레 엮여 맺힌 윤슬을
나는 기억한다

그 밤 동안의 너를
나는 기억한다

나를 보며

그대는

나를 보며 늘

나를 보며 웃고
나를 보며 울고

나를 보며 괜찮고
나를 보며 즐겁고
나를 보며 기쁘고

나를 보며 미소 짓고
나를 보며 웃어주고
나를 보며 쓰다듬고
나를 보며 안아주고

나를 보며 칭찬해주고
나를 보며 위로해주고
나를 보며 다 괜찮다고
나를 보며 춥진 않냐고
나를 보며 늘 울어주고

나를 보며 가슴 아파하고
나를 보며 눈물 흘려주고
나를 보며 요샌 어떠냐고
나를 보며 대신 욕해주고
나를 보며 삶을 막아주고
나를 보며 견딜 수 있다고

말해줬으면 해요

유(唯)

만약 그대 운다면은
나는 그 울음 앞에서
힘 풀린 다리로 주저앉아
그대를 향해
닿지 못할 손을 뻗으리라

만약 그대 운다면은
나는 그 울음 앞에서
얼빠진 얼굴로 그댈 보며
그대를 위해
닿지 못할 위로를 하리라

그대의 울음은
나에게는 거대한 파도 같아
나는 쓰러지고
다시 일어서려다
또 쓰러짐을 반복하리라

그대의 울음은
나에게는 거센 바람과 같아
나는 넘어지고
다시 일어서려다
또 넘어짐을 반복하리라

그런데도 나는
다시 일어서
그대를 매만지리라

바보 같은 나는
계속 일어서
그대를 위로하리라

스물하나

떠나간 그대가 남긴 발자국을
바라보고 또 바라보다 보니
시간이 이렇게나 흘러서
나의 어깨에는 먼지가 쌓였습니다

떠나간 그대의 아픈 뒷모습을
떠올리고 또 떠올리다 보니
시간이 이렇게나 지나가
내 다리는 땅에 뿌리를 내렸습니다

난 내게 쌓인 먼지를 털어내지도 않고
사라진 그대의 발자국을
기억해내려 노력합니다

난 뿌리 내린 다리를 잘라내지도 않고
희미해진 그대 뒷모습을
떠올리려고 노력합니다

다시 그대가 돌아온대도
나는 그대를 볼 수도,
그대에게 말을 걸 수도
없을 것 같습니다
나는 그대에게 이미 과거일 테니까요

또다시 그대가 보인대도
난 그대를 부를 수도,
그대에게 향해갈 수도
없을 것 같습니다
난 그대에게 지나간 사람일 테니까요

아픔이 없는 세상

아픔이 없는 세상에서는
나는 외계인일 거야
아픔이 가득한 곳에서
아픔이 없는 곳으로 왔으니까

아픔이 없는 세상에서도
나는 아파할 테니까
아픔을 모르는 그대는
감히 이해하려 하지는 말아줘

아픔이 없는 세상에서는
나는 누구의 도움도,
누구의 치료조차 없이
아픔을 견디며 살아야 할 거야

아픔이 없는 세상이라면
나의 아픔의 모든 건
처음 발견이 될 테니까
감히 짐작조차도 하지 말아줘

아픔이 없는 세상에서는
나를 치료하긴커녕
그저 관찰만 해대면서
나를 실험체로 연구할 테니까

아픔이 없는 세상이라면
아픔을 깊게 느끼고
그저 눈물만 흘리면서
그댄 내가 치료받길 기도해줘

재

너의 말이 잿빛이었기에
나는 새삼스러운 눈으로
그때 너의 말을 떠올리고 있네

너의 목소리에
나는 천천히 잠겨
잿빛 꿈을 꾸네

너의 눈이 잿빛이었기에
나는 미안하단 마음으로
그때 네 모습을 떠올리고 있네

너의 두 눈빛에
나는 말없이 잠겨
잿빛 너를 보네

쾌활한 불빛이 죽고 나면
울먹거리는 재가
불빛을 그리워하는 것처럼

우리는 불과 재니까
결코 닿을 수 없다는 것을 아니까

따듯한 불빛이 죽고 나면
곧 얼어붙는 재가
불빛을 보고파 하는 것처럼

우리는 불과 재니까
절대 만날 수 없다는 것을 아니까

터무니없이 아름다운 사람아

총이 도래한 세상에서도
나는 활과 화살을 썼지

총을 쓰면
목표물의
바람과
호흡과
걸음과
예측을
못하니까

활을 쓰면
목표물의
바람과
호흡과
걸음과
예측을
했으니까

컴퓨터가 있는 삶에서도
나는 종이 편지를 썼지

이메일은
상대방의
마음과
느낌과
감정과
사랑을
모르니까

편질 쓰면
상대방의
마음과
느낌과
감정과
사랑을
느끼니까

달이 뜨는 아침

그대여
저는 아직
우리의 날에
고여있습니다

저는 아직
우리의 날에
고여 멈춘 채로
한숨을 내쉽니다

우리의 날에
고여있는 채로
한숨을 내쉬면서
그댈 그리워합니다

고여있는 저는
한숨만 내뱉으며
그대를 그리워하며
아픈 저를 부축합니다

한숨은 숨이 되고
그대만을 바라면서
부축을 받는 저로서는
그댈 그리며 기다립니다

그대만을 떠올리며
걸음마다 목발을 짚고
그대 모습을 떠올리면서
함께인 우리를 상상합니다

예쁘게 진

단 한 장의 편지로
나는 그대에게
내 사랑을 전했었지

한 장의 편지로는
내 모든 사랑이
전해지지 않을 것을
알고 있었지만

그대를 앞에 두고
직접 말하기엔
너무 수줍었으니까

한 장의 편지에다
내 모든 사랑이
담겼기를 바라면서
그대에게 보냈었지

비가 오면
비가 온다고
눈이 오면
눈이 온다고

해가 뜨면
해가 떴다고
해가 지면
해가 졌다고

나는 그대에게
편지를 썼지

그댄 내 편지에
웃고는 했지

그대의 답장을 기다리며
나도 웃었어

그대의 글씨를 바라보며
나도 웃었어

그대는 그러면 돼

그대의 눈물이 나를 밀어내서
나는 한참을 슬퍼하다가
그대 눈물에 나의 눈물을 섞고는
커다란 눈물의 뭉침이 되어
그대와 손잡고 나를 밀어냈어

그런 현실 속에서 나는 울다가
어린애 비슷하게 울다가
외로운 그대의 오른손을 잡고는
우리란 이름의 하나가 되어
우리는 힘을 합쳐 날 밀어냈어

행여 그대가 마음을 돌린다면
나는 다시 분리되어서는
그대 아픔에 나의 위로를 더하고
그대 상처를 흉 없이 지우고
그대의 과거를 바꾸어내겠어

혹시 그대의 걱정을 나눠주면
나는 그 걱정을 없애고는
그대 어둠에 나의 빛을 전해주고
그대 홀로 진 걱정도 없애고
그대의 안도를 되돌려보겠어

그러니 그대는 슬퍼 말아
내가 그대를 여전히 사랑하니

부디 그대는 걱정치 말아
내가 그대를 영원히 사랑하니

장우물

내가 앓는 열병의 이름을
그대라고 정했어
그대가 아니라면
내가 이렇게
아파하지도
힘겨워하지도
않았을 테니까

그대는 나를 앓게 하고
그대는 나를 드러눕게 하고
그대는 나를 힘 빠지게 하네

그대의 눈길과
그대의 말이
나를 얼어붙게 하네

차가운 숨을 뱉으며
나는 그대를 불러
막히는 숨으로
그대를 부른다고

나는 진한 눈물의 이름을
그대라고 정했어
그대가 아니라면
내가 이렇게
슬퍼하지도
눈물 흘리지도
않았을 테니까

그대는 나를 울게 하고
그대는 나를 서글프게 하고
그대는 나를 주저앉게 하네

그대의 온기와
그대의 꿈이
날 녹아내리게 하네

뜨거운 눈물 흘리며
나는 그대를 보네
감기는 눈으로
그대만을 본다고

진실로

그댈 만나는 날이면,
낡은 구두를 신고
해진 양복을 입고
먼지 묻은 꽃다발을 들고
그대에게 가는 날이면
나는 몹시 기쁘면서
또 몹시 미안했어

나 같은 사람보다는,
새로운 구두를 신고
멀끔한 양복을 입고
향기 나는 꽃다발을 들고
그대에게 가는 사람이
너무나 많다는 것을
난 알고 있었으니

내가 그대에게
온전히 줄 수 있는 것이라고는
나의 사랑밖에 없었으니
나의 사랑뿐이었으니

그대만을 위해
선물할 수 있는 것들이라고는
갈라진 나밖에 없었으니
낡은 나 혼자일 뿐이었으니

그래도 그대는
나의 사랑을 받아줬어
해맑게 웃어줬어

그런 그대에게
나도 사랑을 받았었어
참으로 행복했어

나의 기쁨

그대가 나의 기쁨을
글로 적어보면 어떻겠냐고
나에게 물어봐서
나는 이렇게 글을 씁니다

나는 사랑이나
행복이라는 단어들을
쓰고 다시 지우다가
결국 그대를 향한
나의 마음만을 적습니다

그대를 떠올리자
참 써지지 않던 글이
쏜살같이 종이에 써지고
나는 수많은 종이들을
가지런히 정리합니다

다시 읽어보니
그대에게 말하고 싶었지만
차마 말하지 못했던
나의 모든 사랑들이
적혀있더군요

부끄럽지마는
이 글들을 모두 엮어
그대에게 주려고 합니다
그대는 나의 사랑에
좋아해 주려나요

동화처럼

온종일 눈 속에 묻고 묻어
나의 동공이 모조리 파헤쳐질 정도로 묻어도
아프지도, 아깝지도 않을 당신에게
나는 나의 눈으로의 여정을 허락합니다

굳게 닫혔던 대문을 열고
굳은 표정의 경비병들을 물러가게 하고
튼튼하고 단단한 교량을 내려
당신만의 길을 만들겠습니다

당신은 말을 타고,
혹은 당신은 배를 타고,
아니면 당신은 두 발로 걸어서
나에게로 오겠지요

나는 그날을 기다립니다

그저 쓰러져 죽은 채로
그대를 맞이하는 것이 아닌
어여쁘게 나를 가꾸고
갖은 장식들로 치장한 채로
그대를 만나겠습니다

그러니 그대는 그대의 걸음 그대로
말을 타고, 걷고, 배를 타고
나에게 닿아주십시오
그대의 말이 나에게 닿는 곳까지 다가온 후
사랑을 지저귀어주십시오

해바라기가 해를 향해 고개를 이동하는 것처럼
나 또한 그대를 향해 고개를 이동하겠습니다

영원히, 영원하게
그대를 환영하겠습니다

불행함의 꽁무니

내가 가려 하는 곳은

찢어지게 아프고
얼어붙도록 시리고
녹아내리도록 뜨거운 곳이오

그대, 따라오시겠소?

내가 향하는 곳이란

귀가 멀 듯 시끄럽고
가슴이 아릿하게 저리고
정적에 미치도록 조용한 곳이오

그대, 나랑 함께 가겠소?

괜찮소
그대가 나를 따라온다면
나는 그 길의 중간에서,
그대가 꿈에도 모를 곳에서
그대를 돌려보낼 것이거든

아픔과 시림과 뜨거움은
나만 겪어도 되는 것이거든

그러니 괜찮소
그대가 나와 같이 향해도
나는 그 길의 입구부터,
그대가 상상도 못 할 곳부터
그대를 뒤로 보낼 것이거든

시끄러움과 저림과 조용함은
그대는 겪어내기 힘들 것이거든

그 모든 것들은
내가 떠안으면 되거든

그 모든 것들을 합해
나만 아프면 나는 되거든

상한 꽃

혹시 나도 그대를 따라가기를 바라십니까

그대의 이마를 조이던 월계관을 따라 쓰고
그대의 피를 흘리게 하던 가시 옷을 따라 입고
그대의 걸음을 늦추게 하던 모래더미를 따라 신고
나도 그대처럼 죽기를 바라십니까

나는 싫습니다

그대의 이마를 조이던 월계관과
그대의 피를 흘리게 하던 가시 옷과
그대의 걸음을 늦추게 하던 모래더미와
그대처럼의 죽음이 싫습니다

흔들거리는 호롱불은
그대의 왔다 감을 알리고
나는 그 모습을 보며
혹여 나의 잠든 머리맡에 앉아
나의 머리칼을 쓰다듬어주신 것만 같아
그 온기를 담아두려 애씁니다

누런 삼베옷과
닳고 닳은 짚신은
그대의 고통을 잊지 않겠다는
나의 강건한 절개입니다

그대 같은 사람이 생겨나도
그대같이 죽지는 않기를 바라며
그대의 고통을 따르게 하지 않겠다는
나의 굳건한 기도입니다

부디 그리하여 주오

그대가 나의 설움을
어리광이라 치부한대도
나는 괜찮소
그러니 그 어리광을 받아주오

어른이 되지 못한 아이로,
나를 그렇게 여기고
나의 철없음을 비난해도 괜찮소
그저 그 어리광을 받아주오

어리광이든 뭐든,
내게 위로를 전한다면
나는 그 위로에 만족할 테니까

어리광이든 뭐든,
내게 온기를 전해주면
나는 그 온기에 만족할 테니까

그대여 부디 그리하여 주오

*

그대가 나의 아픔을
호들갑이라 정리한대도
나는 괜찮소
그러니 그 호들갑을 안아주오

어른스럽지 못한 나라고,
나를 그렇게 여기고
나의 어수룩함을 욕해도 괜찮소
그저 그 호들갑을 안아주오

호들갑이든 뭐든,
내게 사랑을 전해주면
나는 그 사랑에 만족할 테니까

호들갑이든 뭐든,
내게 공감을 행해주면
나는 그 공감에 만족할 테니까

그대여 부디 그리하여 주오

그런 것이오

만족함을 보낸다는 것은
실은 만족하지 못한다는 것이오

충분함을 보낸다는 것은
실은 충분하지 못한다는 것이오

외로움을 끝낸다는 말은
실은 외로움이 끝나지 않았다는 말이오

괴로움을 끝낸다는 말은
실은 괴로움이 끝나지 않았다는 말이오

그대는 어떠하오?
만족하고 충분하며
외롭지 않고 괴롭지 않은 것이오?

그러면 그대는
만족하지 못하고 충분하지 못하며
외롭고 괴로운 것이오

사랑한다는 말을 한다면
사랑하지 않았다는 뜻이오

만족한다는 말을 한다면
만족하지 않았다는 뜻이오

괜찮다는 말을 한다면
괜찮지 않았다는 뜻이오

즐겁다는 말을 한다면
즐겁지 않았다는 뜻이오

그대는 어떠하오?
사랑하고 만족하며
괜찮고 즐겁소?

그러면 그대는
사랑하지 않았고 만족하지 않았으며
괜찮지 않고 즐겁지 않은 것이오

너에게, 나는

떠날 준비를 마친 너에게
작별의 준비도 시작하지 않고 나는

마지막 포옹을 기다리는 너에게

눈물 대신 차가운 눈길을
온기 대신 냉기를
분홍빛 속삭임 대신 잿빛 저주를
사랑했다는 말 대신 꺼지라는 말을

해버렸다, 나는

너에게

아프고
지겨웠고
끔찍했다고

나는

너에게

기뻤고
어여뻤고
행복했다고

나는

서로의 행복을 기도하며 떠나가는 너에게

차가운 눈길보다 눈물을
냉기보다 온기를
잿빛 저주보다 분홍빛 속삭임을
꺼지라는 말 대신 사랑했다는 말을

해줬어야 했는데, 나는

너 대신 나를
나는 결국 선택하고 말았다

나는 아니, 괜찮다

너가 아프다고 말하는 것은
유세를 떠는 것이 아니다

너가 슬프다고 말하는 것은
어린아이의 생떼도
노약자의 애원도 아니다

너는 그저 아프다고 말하는 것이다
약간의 위로라도 나눠줄 수 있다면
나눠줄 수 있느냐고 말하는 것이다

너는 그저 슬프다고 말하는 것이다
조금의 온기라도 전해줄 수 있다면
전해줄 수 있느냐고 말하는 것이다

너의 그 말 한마디에
너는 구차하고
찌질하며 유치한 사람이 되었지만

너는 그저 사랑을 바란 것임을
나는 안다

너의 그 말 한마디에
너는 아이 같고
유약하며 우울한 사람이 되었지만

너는 그저 사랑을 원한 것임을
나는 안다, 그러니 괜찮다

생애에서

그대에게 꽃다발을 전해줄 때만 해도
나는 우리의 이별을 짐작조차 못 했다
그 처절함도, 나는

그대에게 내 마음을 속삭일 때만 해도
나는 우리의 작별을 생각지도 못했다
그 서글픔도, 나는

모든 것에는 희생이 따르고
그 희생을 받아들이면서도
감히 그대가 희생되리라고는
생각하지 못했지, 나는

모든 것엔 작별이 기다리고
기다림을 알고 있으면서도
감히 그대와 작별하리라고는
예상하지 못했지, 나는

그대의 희생은 고귀하고
빛이 나며 또한 찬란하다는 것을
그대가 알아줬으면 해
그대의 희생이 결국에는
세상에 도움이 되었다는 것도 마찬가지로

그대와의 작별은 슬프고
기다림마저도 찬란했다는 것을
그대가 알아줬으면 해
그대와의 작별이 결국엔
사랑의 존재이자 증명인 것도 마찬가지로

두 번째
10일간의 기록

(2022 / 01 / 01 ~ 10)

2021. 05. 10. 하소동

31 - 59

전철 안 붉은 개미

붉은 개미들로 가득 찬 전철 안에
하얀 에어팟을 무심히 끼고
스마트폰 화면을 이리저리 만지작대는
그대는 어디에서 온 누구신가요

붉은 개미들이 그대의 발을 타고
무릎을 올라 배꼽에 닿아도
그대는 아무렇지 않아 하시네요

개미를 좋아하시나요?
혹시나 해서 해드리고 싶은 말은
이곳의 붉은 개미는
다른 개미들과는 다르다는 것이에요

이 전철 안 붉은 개미들은
보이는 모든 것을 먹어야 직성이 풀립니다
먹고 먹고 또 먹다가
먹을 것이 떨어지면 서로를 잡아먹다가
서로마저 사라지고 홀로 남은 붉은 개미는
자기 눈알을 끄집어내 삼키고는
그렇게 생긴 기력으로 알을 하나 낳고 죽습니다

새로 태어난 붉은 개미는
잠시 제 어미의 시체를 살펴보다가
곧이어 그 시체를 파먹습니다
그러고는 알 하나를 낳지요

그렇게 알을 낳고 알을 먹고
또 알을 낳고 알을 먹다 보면
그대 같은 영양 가득한 이가 옵니다

그때부터 붉은 개미는 알 대신 그대를 먹고
알은 곧 부화해 붉은 개미가 됩니다

붉은 개미들은 그대를 뼈까지 먹고
서로를 잡아먹고
최후에 남은 붉은 개미가 자기 눈을 먹고는
그 세대 최후의 알을 낳겠지요

이런 일이 언제부터 시작됐는지는 모릅니다
언제 끝날지도 모르고요

우리는 천국에 있는 것이면서
동시에 지옥에 있는 것과도 같습니다

그대가 스마트폰과 에어팟을 떨어뜨리면
저는 그것들을 냉큼 주워가겠습니다

또 다른 그대들에게 알림을 전해야 하니까요

알래

한때는 너가 나를
사랑한다고 믿었는데

한때는 너가 나를
너의 연인으로
사랑한다고 믿었는데

한때는 너가 나를
너의 연인으로
너의 반쪽으로
사랑한다고 믿었는데

한때는 너가 나를
너의 연인으로
너의 반쪽으로
너의 운명의 상대라서
사랑한다고 믿었는데

한때는 너가 나를
너의 연인으로
너의 반쪽으로
너의 운명의 상대라서
너의 멈춤의 이유라서
사랑한다고 믿었는데

한때는 너가 나를
너의 반쪽으로
너의 운명의 상대라서
너의 멈춤의 이유라서
사랑한다고 믿었는데

한때는 너가 나를
너의 운명의 상대라서
너의 멈춤의 이유라서
사랑한다고 믿었는데

한때는 너가 나를
너의 멈춤의 이유라서
사랑한다고 믿었는데

한때는 너가 나를
사랑한다고 믿었는데

규선(叫禪)

저와 나누었던
보잘것없는 약속을
그대는 혹시 기억하십니까

행여 멀어져도
서로를 잊지는 않기로
그렇게 맹세하였었는데

저와 나누었던
짧디짧은 따스함을
그대는 아직 기억하십니까

행여 떨어져도
온기를 잃지는 않기로
그렇게 맹세하였었는데

그 약속은 제게
발목을 옥죄는 사슬이 되어
저는 어디를 가던
누구를 만나던
삐걱거리며 걸음을 걷습니다

그대도 그러십니까
발목의 사슬에 아파하십니까

그 맹세는 제게
목을 옥죄이는 밧줄이 되어
저는 어디를 가던
누구를 만나던
숨을 몰아쉬며 그리 걷습니다

그대도 그러십니까
목의 밧줄에 답답해하십니까

왜 그런 걸까

아픔이 삶을 살아감의 답이 아니라면
왜 마음이 아파지는 걸까

내가 삶을 잘못 살아온 걸까
남들과 같고 싶었던 것이
이리도 아픈 잘못이었던 걸까

너에게 꽃을 선물하기 위해
나는 꽃을 죽여왔다

꽃의 소름 끼치는 신음이
메아리치고 다시 메아리치다가
거대해져 나를 짓누르는 걸까

*

슬픔이 너를 사랑함의 답이 아니라면
왜 눈물이 차오르는 걸까

내가 사랑을 잘못해온 걸까
너를 사랑해버렸던 것이
이리도 슬픈 잘못이었던 걸까

너에게 사랑을 전하기 위해
나는 나를 죽였었다

먼 옛날 나의 서글픈 말이
메아리치고 다시 메아리치다가
비대해져 나를 압박하는 걸까

너와 나의 입장이란

우스꽝스러운 너와
무시당하는 나는
닮은 듯 닮지 않았어

저들의 웃음을 바란 너와
저들의 비웃음을 바라지 않은 나는
같은 듯 같지 않았어

너가 어울리지 않는 옷을 입고
뾰족한 신발을 신고
저들에게 만족을 줄 때,

내가 낡아빠진 옷을 입고
남루한 신발을 신고
저들에게 외면당할 때.

그때의 우리가
닮은 듯
같은 듯
보인다고 나는 생각해

그때의 우리가
닮은 듯
같은 듯
보인다고 너도 생각해?

너와 나는 닮지 않았어
너와 나는 같지 않았어

우리가
너와 나로 분류되는
이 세상 속에서는
너와 나는 영원히
닮고 또 같지 않을 거야

잃고 잃으며

내가 잃은 것들은
내가 가진 모든 것을 바쳐도
다시는 갖지 못할 것이다
슬픈 일이 아닐 수가 없다

나는 단지 잃었다는 이유 하나만으로
내가 잃은 것들을 가질 수 없다

가장 기억과 가까운 절벽에 앉아
바람에 말을 걸면
바람은 답해주려나

왜 그것들을 잃었냐며 울며
동시에 안쓰러움으로 날 품에 안고서
내가 잃은 것들의 구멍에
쇳소리로나마 잠시 메워주려나

*

내가 잃은 별들은
내가 가진 모든 빛을 바쳐도
다시는 보지 못할 것이다
아픈 일이 아닐 수가 없다

나는 단지 잃었다는 이유 하나만으로
내가 잃은 별들을 가질 수 없다

가장 별과 가까운 꼭대기에 앉아
별에게 말을 걸면
별은 대답해주려나

왜 나를 잃었냐며 책망하며
동시에 반가움을 숨기지 못하면서
내 가슴에 생긴 별 자국 구멍에
자기의 몸을 끼워 맞춰주려나

기억은 몹쓸 것이니까

너와 함께한 모든 시간이 찬란해서
아름답고도 서글퍼서
나는 그래서
너를 나의 마음에서 비우지 못한다

너와 보냈던 시간 전부가 빛이 나서
어여쁘고도 애처로워
나는 그래서
너를 나의 머리에서 지우지 못한다

너는 나의 전부였으며
내 삶의 지도이면서
나를 이끌어주었다

넌 내 모든 것이었으며
내 삶의 나침반이며
나를 인도해주었다

언젠가, 그래 언제인가엔
다시 너를 마주하겠지
사랑한다고 말해주겠지
그때까지는 우리 참기로 하자
그 정도로 우리는 서로를 사랑하니까

언젠가, 그래 언제가 오면
다시 너를 바라보겠지
널 바란다고 일러주겠지
그때까진 우리 버티기로 하자
그 정도로 우리는 서로를 사랑하니까

나의 예술은

나의 모든 글들은
너를 향한 그리움이야

너의 귀찮았던 참견과
너의 거슬리던 말투가
그립기에 적은 글들이야

달이 지고
별들도 지고
어둠마저 저버린 밤에
나는 홀로 빛나며
너를 기다리고 있어
널 기다린다고
이렇게

*

나의 모든 시들은
너를 바란 나의 말이야

너의 사랑스러운 웃음과
너의 따듯하던 온기를
바라기에 뱉은 말들이야

해가 지고
꽃들도 지고
빛마저도 저버린 낮에
나는 홀로 어둡게
너를 기다리고 있어
널 기다린다고
영원히

그렇게, 그렇게

단호한 말의 뒤편에는
나를 위한
걱정이 있었다고
나는 그리 생각하렵니다

그대가 나를 꾸짖은 것은
오롯이 나를 위했기 때문이었다고
나는 그리 생각하렵니다

그대의 가시 돋친 말도,
그대의 날이 선 물음도
내가 그대에게 소중했으니
그대가 그랬다고 생각하겠습니다

그대는 나를 사랑하셨으니까요
그래요, 그대는 진정으로 나를 사랑하셨으니까요

엄한 표정의 뒤편에도
나를 향한
사랑이 있었다고
나는 그렇게 여기렵니다

그대의 얼굴이 굳은 것은
오로지 나를 사랑했기 때문이라고
나는 그렇게 여기렵니다

그대의 성이 난 표정도,
그대의 날이 선 눈길도
내가 그대의 사랑이었으니
그대가 그랬었다고 여기겠습니다

그대는 나를 사랑하셨으니까요
그래요, 그대는 진정으로 나를 사랑하셨으니까요

그런 것이겠지요, 저도 압니다

저의 눈동자 속에 담기기에는
당신은 너무나 커다랗기에
저에게 눈을 감으라 명하신 것이겠지요

제 작은 머릿속에 머물기에는
당신은 너무나 커다랗기에
당신을 사랑하지 말라 말한 것이겠지요

저는 당신의 마음을 압니다
아니, 몰라도 아는 체하렵니다

그대가 내뱉은 날카로운 말에
제 마음이 난도질당했던 그때부터

저는 당신의 마음을 알려 합니다
아니, 알아도 또 알려 합니다

그대가 남긴 날카로운 말들에
아직도 숨이 피를 뿜는 지금까지

그대의 슬픔은
덩치가 커서 그대도 생각지 못한 것이고

나의 아픔은
자그마해서 그대가 생각지 못할 것이었소

왜 나를 떠나가시냐는 나의 말은
실은 답을 바라지 않은 질문이었습니다

왜 너를 떠나가냐는 당신의 말도
실은 답을 바라지 않은 질문이었다는 것을 압니다

밤과 아침의 사이에서

옅어지는 밤의 농도를 보며
그 끝자락을 잡고 늘어집니다

이 밤이 영원히 끝이 나지 않기를
나는 절실하게 바랍니다

이 밤이 사라지고 나면
그대의 마지막 말과
그대의 마지막 모습이
따라 사라질 것만 같아서

이 밤이 끝나지 않게 잡고 있으면
그대의 마지막 말과
그대의 마지막 모습이
영원히 내 곁에 있을 것만 같아서

그래서 나는 밤의 끝을 잡고
손바닥에 새겨지는 상처를 느끼며
버티고 또 견딥니다

애타는 나의 마음을 밤이 알아주고
제발 조금만이라도 멈춰주기를 바라며
견디고 또 버팁니다

결국 정해진 결말이라
나 혼자만으로는 바꿀 수 없다는 것을
알고 있지만 나는 버팁니다

결국 떠나가야 할 그대라
나 혼자만으로는 붙잡을 수 없다는 것을
충분히 알지만 나는 견딥니다

혹시, 만약
그런 것들 때문에

혹시라도, 만약에
그런 것들 때문에

시련

내리는 비를 피하지 않고
내리는 눈을 피하지 않고
내리는 해를 피하지 않고

나는 그대가 내게 내리는
그 모든 것들을
가감 없이 맞았습니다

미련하디 미련하게
약아빠진 행동도 없이
본연의 모습 그대로 아파했습니다

쏟아지는 장대비에 젖어가며
쏟아지는 해의 빛에 아파하며
쏟아지는 어둠들에 떨어가며

나는 그대가 내게 쏟아 보낸
그 모든 부정들을
군말 없이 받아들였습니다

나보다 그대를 생각하며
나의 안위는 상관하지 않고
그대, 오늘의 기분만 살폈습니다

그대가 내게 전한 것들은
내 인생을 전부 다 바쳐도
그 끝에 도달할 수 없음을 알았습니다

나의 인내와 견딤은
모두 쓰잘데기 없는 것이었으며
나는 나를 멍청하게 죽여온 것이었습니다

고립공포감

흑백과 각종 빛이
교차하고 더해지고
서로를 물들여가는
지금, 그래 지금에서
나는 어딘가에서 들려오는
낯설 만큼 익숙한 노래에
그림자들과 춤을 춘다

둔탁하며 날카로운
아름다운 흑백과
무뎌지고 숨이 죽은
멈춰진 찬란함이
지지배배, 지지배배 하며
울면서 울고 있다

애초에 울음과 웃음의 기준은
내뱉는 이가 아닌
뱉음 받는 이가 정하는 것이니
내가 살아있다는 것은
너가 결정하는 것이다

너가 죽음을 선언하면
나는 죽는 것이고
너가 생존을 선언하면
나는 사는 것이며

너가 사랑을 선언하면
나는 오직 너만을
사랑하게 되는 것이다

삶은 사랑의 반복,
그대는 꿈을 꾸나

그대와 너는 다르다는 것을

눈물로 된 사슬

눈물은 사슬이 되어
나의 발목을 옥죄여서
나는 그대를 향한 걸음을
멈출 수밖에 없었습니다

벗어나려고 용을 쓰고
풀려나려고 힘을 쓰고
뽑아내려고 하였지만
눈물은 끝까지
나의 발목을 잡고
그림자마냥 길게도 늘어졌습니다

그대를 생각하며 흘린 눈물들이
사슬에 부피를 더하여서
그대를 향해 가려고
발버둥 칠수록
나는 더욱더 가지 못하고
발목에 상처만 더했습니다

그대가 한 번이라도 뒤돌아보았다면
그래서 내게 와주었다면
그렇게 나의 사슬을 부숴주었다면
만약, 그랬다면

나는 그대를 안을 수 있었을까요

그대는 한번을 뒤돌아보지 않고
그대는 내게 와주지 않고
그대는 사슬을 부숴주지 않아서
그래, 그랬어서

나는 그대를 안을 수 없습니다

목련

사랑이 아니었던 사랑을
우리는 해왔던 거지

행복이 아닌 행복을
서로에게 주면서
자기도 느끼며

기쁨이 아닌 기쁨을
서로에게 보내면서
자기도 웃으며

즐거움이 아닌 즐거움을
서로에게 내주면서
자기도 즐기며

그 모든 것들이
거짓이었던 거지

*

싸움이 아닌 싸움을
서로와 하면서
자기도 슬퍼하며

상처가 아닌 상처를
서로에게 주면서
자기도 상처 나며

고통이 아닌 고통을
서로에게 보내며
자기도 아파하며

작별이 아닌 작별을
우리는 하려는 거지

창문 밖에는

낡고 금이 간 창문 밖에는
해맑은 해의 빛이
그림자처럼 푸른 잔디를 매만지고
풀꽃은 그 손길에 수줍어한다

아지랑이를 흩날리며 보냈던 시간은
돌고 돌아 다시 내게 돌아오겠지

한없이 더운 여름에
녹아내린 나는
가을의 바람에
다시 내 모습을 띤다

멍청하고 단순하게 떠나보낸 그대도
돌고 돌아 다시 내게 돌아오려나

낡고 금이 간 창문 밖에는
애달픈 달의 빛이
어머니처럼 누런 잔디를 토닥이고
풀꽃은 그 손길에 단잠에 든다

하얀 서리를 짊어지며 보냈던 시간도
돌고 돌다 다시 내게 돌아오려나

한없이 추운 겨울에
얼어버린 나는
봄의 숨소리에
다시 내 모습을 띤다

이기적인 내가 말없이 보냈던 그대도
돌고 돌다 다시 내게 와주시려나

늦지 않기를, 늦지 않았기를

해야 하는
하지 못한 말들을
오늘도 참습니다

그대를 만날 때면
그 말이 차올라
나의 숨마저 막아버리고
우리 작별하고 나서야
나는 가쁜 숨 내쉬며
온몸을 절절하게 떱니다

몹시 모자란 시간이
내게 자비를 주어
떠나기 전에 말할 수 있기를
기도합니다

*

구름 속에
하지 못한 말들을
넣어놓았습니다

구름이 엉겨 붙고
다시 엉겨 붙다
제 무게를 이기지 못하고
비로 내리는 날이 오면
구름 속 나의 말들도
비에 섞여 내릴 것입니다

부디 새까만 망각이
그대에게서 나를
완전히 떼어내지 않았기를
기도합니다

편지

그대에게 편지를 씁니다

저의 오늘을 쓰고
그대의 오늘에 대해 묻고
저의 기분을 쓰고
그대의 기분에 대해 묻고
저의 감정을 쓰고
그대의 감정에 대해 묻고
저의 생각을 쓰고
그대의 생각에 대해 묻습니다

그간 그대에게 보낸 저의 편지들은
제각기 다른 말들이 쓰여있었고
이번 편지에도 역시
새로운 말들이 쓰여있을 것입니다

만약,

그대가 만약,

제 편지를 소중히 여겨

서랍 속에 간직하시면서

읽고 또다시 읽으시다가

오래전에 보내드린 제 편지의

글씨의 잉크가 번져

편지지를 더럽히는 날이 오면

제게 새로운 편지를 보내달라 말해주십시오

저는 기쁜 마음으로

그대를 위한 제 마음을 적어

새하얀 편지를 보내겠습니다

제각기 다른 말이지만

그대를 그리워한다는 의미는 같은 편지를,

새로운 편지들을 그대에게 보내겠습니다

조란(調丹)

하늘의 미친 눈동자가 해라면

그 눈길을 받으며 살아가는
나 역시 미친 것이겠지

햇빛은 나날이 그 온기를 더하고
나는 살아가고, 다시 살아가다
그 온기에 타올라 죽겠지

하늘은 그런 내 모습을 보면서도
내게서 눈길을 거두지 않을 거야
나는 그 뾰족한 마음에 피 흘려도
꿋꿋이 내 몸의 화염을 느끼겠지

꽃이 활짝 피고 지듯이
해가 밝게 뜨고 지듯이
달이 빛을 내고 지듯이

하늘의 슬픈 눈동자가 달이라면

그 눈길을 느끼며 살아가는
나 역시 슬픈 것이겠지

달빛은 조금씩 그 빛을 더해가고
나는 슬퍼하고, 다시 슬퍼하다
그 눈물에 잠겨서 죽겠지

하늘은 그런 내 모습을 알면서도
내게서 눈길을 거두지 않을 거야
나는 그 뭉툭한 감정에 부딪혀도
꿋꿋이 내 몸을 눈물로 적시겠지

달이 빛을 내고 죽듯이
해가 밝게 뜨고 죽듯이
꽃이 활짝 피고 죽듯이

믿음이란

절실히 믿는 사람에게는
맑은 날개와 경건한 마음이 있을 테지만

나같이 대충 믿는 사람에게도
맑은 날개와 경건한 마음이 있을까

하늘 위의 것들을
진심으로 사랑하고
동경하고 또한 존경하며
살아가는 그 사람들에게는
뜨겁지 않은 촛농과
무릎 아프지 않을 기도가 내릴 테지만

하늘 위의 것들을
대충 사랑하고
대충 동경하고 또한 대충 존경하며
살아가는 나 같은 사람들에게도
뜨겁지 않은 촛농과
무릎 아프지 않을 기도가 내릴까

보이지 않고
만져지지 않고
들리지 않고
느껴지지 않아서
그 사람들은 그를 사랑한다지만

보이지 않고
만져지지 않고
들리지 않고
느껴지지 않기에
나는 조금의 의심을 품는다네

집에 가는 택시 차창에 머리를 기대고
흔들리는 기도를 그 사람들은 한다

집에 가는 버스 창문에 머리를 기대고
번잡한 소음 속에서 기도를 나도 가끔은 한다

한때는 매처럼

푸른 하늘을
제 마음 가는 대로 찢으며
날아가는 저 매를 보아라
저 얼마나 자유롭게 보이느냐

한때는 나도
저 매가 되고 싶었단다

매가 되어
눈 아래 모든 것들을 작게 보고
마음껏 활공하며
자유롭고 싶었단다

그러나 거울 속의 나를 보니
매와 다르지 않더구나
나에게도 날개가 있더구나

그때 알아챘단다

그러니 저 허공을 나는 매도
또한 나와 마찬가지로
죽기 위해 살아감을 알았을 때
나의 마음이 어땠을지 짐작이 가느냐

한때 내가 되고 싶었던 것이
그저 나의 삶의 한계 속에 속해있었단다

매가 되어도
한정된 날개와 정해진 삶에
제 마음 가는 대로 하지 못한다는 것을 아니
나는 그저 죽고 싶었단다

그래서 거울 속의 나를 나는
부숴버렸다
나의 날개가 싫어서 부쉈다

애꿎은 거울만을 말이다

신자들아

어서 오게
이곳은 나의 섬이라네
육지를 걸어 내게 온 그대들을
나는 환영하네

흙을 신봉하는 그대들아
나도 흙을 사랑한다네
그대들 신발 밑창에 묻은 흙냄새를
나도 사랑한다네
어서 오시게
이곳은 그대들의 천국이라네

*

어서 오게
이곳은 나의 섬이라네
바다를 넘어 내게 온 그대들을
나는 환영하네

물에 기도하는 그대들아
나도 물을 사랑한다네
그대들 옷에 묻은 짠 내들을
나도 사랑한다네
어서 오시게
이곳은 그대들의 극락이라네

*

어서 오게
이곳은 나의 섬이라네
하늘을 날아 내게 온 그대들을
나는 환영하네

하늘을 믿는 그대들아
나도 하늘을 사랑한다네
그대들 머리칼에 묻은 바람들을
나도 사랑한다네
어서 오시게
이곳은 그대들의 엘리시온이라네

너부터 그대들까지, 눈물부터 기쁨까지

눈물은 슬픔의 부산물일 뿐이며
나의 멈추어 섬은
너의 의도임을 너는 아는가

미소는 기쁨의 일부분일 뿐이며
나의 일그러짐은
너의 잘못임을 너는 아는지 묻는 것이다

물감으로 얼굴에
눈물과 미소를 동시에 그린 채
나를 보는 그대들은
내가 슬픈가, 아니면 내가 기쁜가

감정으로 얼굴에
눈물과 미소를 함께 처바른 채
나를 보는 그대들은
슬픈지, 아니면 기쁜지를 묻는 것이다

그대들의 눈물은
나에게는 미소다

그대들의 슬픔이
나에게는 기쁨이다

그러니 그대들이
눈물 흘리며 미소 짓는 지금,
나는 슬프게 기뻐하는 중이라는 것이다

거울의 뒷면

나는 그대가 될 수 없다

그대의 옷을 따라 입고
그대의 표정을 따라 하고
그대의 신발을 따라 신어도

거울 속의 나의 모습은
그대를 따라 한 나일 뿐이다

그러니 그대처럼 옷을 입고
그대처럼 표정을 짓고
그대처럼 신발을 신고

거울에게 사랑한다고 말해도
내가 나에게 사랑한다 말하는 것일 뿐이다

이 세상에는 더는 그대가 없어서,
나에게 사랑한다고 말해줄 그대가 없어서
나는 그대처럼 살아가려 한다
그대가 그랬듯이 나를 사랑해주려 한다

그러나 이 세상에는 더는 그대가 없어서,
나에게 온기를 주는 따뜻한 그대가 없어서
나는 그대가 되지 못한다
그대가 사랑한 것처럼 나를 사랑하지 못한다

아픈 마음은 뇌가 없는 고래 같아
제 덩치를 감당하지 못하고
심해 속으로 가라앉아간다

찢어진 가슴은 색이 없는 무지개 같아
저물어가는 저녁에 저항하지 못하고
심연 속으로 빨려 들어간다

불로 하는 놀이

나에게 그대는 불놀이야

어두운 밤, 나의 앞길을 비춰주며
내가 넘어지지 않게 해주고
내 마음대로 그대를 대해도
그대는 시간이 허락하는 그때까지
내 곁을 묵묵히 지켜주잖아

나에게 그대는 불꽃놀이기도 해

어두운 밤, 저 까만 밤하늘을
나의 두 손에서 출발한 불꽃으로
다채롭고도 찬란하게 물들이고
새벽이 밝아오는 그때까지
내 어둠을 요란하게 밝혀주잖아

사실 불놀이든, 불꽃놀이든
뭐든 그게 중요한 것이 아니지

중요한 것은 불로나마
그대가 내 곁에 있다는 것이지

나는 그대에게
불놀이나 불꽃놀이가 될 수 없지만

그대가 검정 속에 있을 때
내가 위안이 됐으면 좋겠다
나의 불놀이인 그대가

그대가 소외된다고 느낄 때
내가 친구가 됐으면 좋겠다
나의 불꽃놀이인 그대가

분홍색 구름

어렴풋을 벗어나지 못한
얼떨떨함에 대하여
나는 술과의 차이점을
그들에게 선언하고
그들은 모음의 조합일 뿐이라며
차이란 모순임을 말한다

나는, 나들은
그들의 입을
그들이 좋아하는
모순으로 틀어막고
숨이 멎는 모습을 보고 싶지만

대신, 사람 좋은 웃음으로
그들의 가시 돋친 말들에게
가시를 거둬달라 설득한다

그래, 그들이 아니라
그들의 말들에 힘이 있기에
나는 그들의 말들을 살살 달랜다

꿈이라는 것에 대해
어떻게 생각하느냐는 말에
나는 아무런 말도 하지 못했다

꿈이라는 것에 대해
어떻게 생각하느냐고 물을 때
그대라면 어떠한 말을 했을까

눈물의 농도는
바닷물의 농도와 비슷하다

하늘로의 높이는
마음의 높이와 비례한다

진화

사랑은

이별과
작별과
희망으로

아픔과
고통과
소망으로

결별은

사랑과
재회와
떠나감으로

행복과
기쁨과
멀어짐으로

사랑을 택하든
결별을 택하든

같은 결과일 수도
다른 결과일 수도

사랑을 하든
결별을 하든

같은 끝일 수도
다른 끝일 수도

꽃의 죽음

눈물은 슬픔의 발현이 아니야

눈물을 흘린대도
슬퍼하지 않을 수 있다는 말이지

절규는 절망의 표현이 아니야

절규를 뱉는대도
절망하지 않을 수 있다는 말이지

고통은 고통을 낳고
아픔은 아픔을 낳지

태어난 고통은 신음을 낳고
태어난 아픔은 상처를 낳지

그 반복들의 사이에서
희망은 태어났어

고통도 아픔도
신음도 상처도
그 희망의 어머니는 아닐 거야

그러나 고통도 아픔도
신음도 상처도
그 희망의 어머니 자격이 있을 거야

삶의 어떠한 역경에도
희망이 있다는 뜻이야

고통뿐인 것 같은 삶에도
희망은 있다는 뜻이야

날개

날개가 그려진 그림을 보며
나는 나의 등을 만져봅니다

혹시 나의 등에도
날개가 생기지는 않았을까
괜한 기대를 가져봅니다

하지만 역시
그림은 그림일 뿐입니다

나의 등에는
날개가 생기지 않아서
괜히 또 나는 실망합니다

날개가 그려진 그림을 찢습니다
조각내고 짓밟고 불태워
흔적 하나 없이 지웁니다

다시는 날개를 바라지 않으리
굳세게 마음먹고는
마음을 비우려 노력합니다

하지만 또다시
날개가 그려진 그림을 보게 되면
나는 또 나의 등을 만져볼 것입니다

이번에야말로 날개가 돋지는 않을까
그래서 날아갈 수 있게 되지 않을까
또다시 기대하게 될 것입니다

세 번째
10일간의 기록

(2022 / 01 / 17 ~ 27)

2021. 5. 14. 청전동

60 - 89

날개를 펼친 눈송이들

하얗게 쌓인 눈에
새벽의 어스름이 묻어
집 안에서도
그 냉기를 느낍니다

눈의 차가움에 더해진
새벽의 외로움을 느낍니다

창밖은 눈으로 뒤덮여 있고
나는 설국 한가운데에
집을 짓고 살아가는 중일지도 모릅니다

밤은 어둠이 덕지덕지 묻은 입을 벌려
포근하던 향초의 불을 삼켰고
쓸쓸한 나의 뺨을 바알갛게 물들였습니다

집 밖으로, 창밖으로
한 발자국도 나가지 않았지만
나는 추위에 떨고 있습니다

창문에 커튼을 치고
문을 굳세게 잠근다면
더는 춥지 않아질까요

생각에 가림막을 씌우고
마음을 독하게 먹는다면
그때는 괜찮아질까요

그대의 울음과 나의 웃음은

나는 웃었지

그대는 슬피 울고
나는 웃었지

그대의 눈에서는
악어와 같은 눈물이 흘렀고
나는 웃었지

그대는 있는 힘껏
주위에 슬픔을 표출하였고
슬프게 물들면서
나는 웃었지

그대의 울음들을
주위에서는 같이 공감했고
곧 나를 욕했지만
나는 웃었어

그대는 선이 되고
나는 악인이 되어버렸지만
나는 웃었어

그대의 거짓말에
나는 웃었어

나는 웃었어

종이의 호랑이 그림

호랑이가 없는 동굴에는
여우가 왕이라지만
적법한 후계자는
종이에 그려진 호랑이다

어떤 화백이 그렸는지는 몰라도
그 동굴의 주인이었던 호랑이의
호쾌하고 두려운 모습을
거의 똑같이 재연해놓은
그 호랑이 그림이
동굴의 주인이 되어야 한다

간악한 여우 또한 그걸 알기에
동굴 속 침실 옆 벽에
당당히 붙어있는
호랑이 그림을 찢으려 하겠지만
두 손으로 들면
손을 타고 오르는 두려움에
괜한 미신은 믿지 않는다며 큰소리치고
조심스레 호랑이 그림을 원상복구 시키겠지

호랑이는 갑작스레 어디로 간 걸까
말도 없이, 흔적도 없이

커다란 보름달이 뜨는 밤에
여우가 이리저리 뒤척이며
잠에 쉬이 들지 못할 때에

벽에 붙은 호랑이 그림이
흔들리고 또 흔들리다가
때가 되면 그 안에서
호랑이가 튀어나올 것이다

생각에 빠진 여우의 목덜미를
한입에 부숴버리고
벽에 붙은 빈 종이를 보고 씨익 웃을 것이다

그대의 선글라스

눈이 거짓말을 하지 않는다면
그대의 선글라스는
무척이나 합당한 것이겠지요

무엇을 말하든
그것이 진실인지, 거짓인지
알 수 없게끔 만들고는
그대에게 있어 최대한의
이익만을 가져갈 수 있게 하니

그래요, 그래.
진실한 소통과
영혼의 대화와
서로 간의 유대가 없어도
뭐 어떻습니까?
어차피 이 세상은 모두 거짓인데

맞아요, 맞아.
마음을 터놓고
진실을 말하고
서로 간의 맹세의 끝을 잡아도
다 의미 없지 않습니까?
어차피 그대는 눈을 보이지 않는데

선글라스를 쓴 그대와는
저는 그 무엇도 나눌 수 없습니다

선글라스를 쓴 그대에겐
저는 조금의 마음도 보여줄 수 없습니다

그대가 영원히 선글라스를 벗지 않는다면
저와 그대의 거리는 이 상태에서
영원히 줄어들지 않을 것입니다

가자

행복이 산이라면
그대는 이정표이리

행복이 존재하는 곳을
제 몸 바쳐 가리키며
나를 행복으로 이끄는 것이리

행복이 산이라면
그대는 이정표이리

아리송한 길목마다
제 몸을 땅에 묻으며 자리 잡고는
내게 행복을 안내하는 것이리

그간 내가 지나친 그대들로 인해
나는 행복을 향한 길을 걸을 수 있었고

나의 과거로 넘어가 버린 그대들로 인해
나는 미래에서 기다리는 그대들을 볼 수 있었다

이 행복이라는 산의 정상에 오른다면
밑의 내가 걸어온 길들을 돌아보며
나는 그대의 헌신에 마음껏 소리 내어 울리라

나를 위해 제 한 몸을 찢어발기고 조각내어
나를 위해 자신을 분리해야만 했던 그대를 보며
나는 그대를 위해 눈물을 아낌없이 쏟으리라

부디, 부족한 나를 위하여

그대에게 그리움은
말뿐인 것에 말을 덧칠하는 것,
고작 그런 것에 불과함을 압니다

그러니 나의 그리움을
그대는 대수롭지 않게
마주하고 무시하고 짓밟았겠지요

그대에게는 외로움도
가진 이만 느낄 수 있는 사치라는 것,
배가 부른 소리라는 것 또한 압니다

그러니 나의 외로움도
그대는 요란 떨지 말라며
쳐다보고 외면하고 걷어찼겠지요

때로는 그리움이 지나쳐
눈물로 새어 나올 때가 있습니다

또, 때로는 외로움이 지나쳐
신음으로 새어 나올 때도 있습니다

148

그 둘이 합쳐져 울음이 되어
찢어지는 가슴을 대변할 때면
부디 나를 위로해 주십시오

한지에 번지는 먹물처럼
나의 주변이 울음으로 번져 간다면
부디 내게서 먹을 치워 주십시오

우(尤)

시간이 어느새 이렇게나 흘러서
그대의 머리와 수염, 마음에
새하얀 서리가 내려앉고
그대의 주름은 깊어졌군요

나의 기억 속의 그대는 아직
머리와 수염, 마음이
새까맣게 물들어서
젊음을 과시하고 있는데

그대의 서리 내린 마음처럼
그대는 차가운 연기를 내뱉으며
주위 모든 것을 얼리려 하는군요

나의 기억 속의 그대는 아직
서리 내리지 않아서
새까맣고 아름답게
사랑을 뿜어내고 있는데

얇은 창호지 너머로
호롱불에 넘실거리는
그대가 보입니다
그대는 많이 늙은 모양입니다

이 작은 개다리소반에 앉아
나를 마주하고 있으신
그대가 보입니다
그대는 아직 정정해 보입니다

하얀 것은
검은 것의 미래임을
이제 나는 압니다

검은 것은
하얀 것의 과거임을
나는, 나는 압니다

이름과 부름은 비례하는 관계

더는 그대를 부르지 않을 것입니다

이제는 그대를 생각하며

그리움에 얻어맞고
외로움에 찢어지고
괴로움에 베이고
보고픔에 죽고 또 죽어도

이제는 그대의 이름을

다시는 부르지 않을 것입니다

사랑했고
사랑하는 중이고
사랑할 것이지만

사랑할 것이고
사랑하는 중이고
사랑했지만

다시는 부르지 않을 것입니다

영원할 그대의 이름을

그리움에 짓밟히고
외로움에 걷어차이고
괴로움에 삼켜지고
보고픔에 죽고 다시 죽어도

남겨질 그대를 생각하며

더는 그대를 떠올리지 않을 것입니다

파란

파란색의 반대는
빨간색이 아니라
노란색입니다

철 그물에 묶이지 않아도
철 그물의 그림자에 묶인 채
우리는 헤어 나올 수 없습니다

넥타이를 벗어 던지고
셔츠 앞섶을 풀어 헤치며
그대는 무엇과 또 무엇을
그들에게 기도했습니까

칼과 폭탄의 상관관계는
결국 무언가를 베어 죽이는지와
무언가를 터뜨려 죽이는지입니다

다리를 절며
눈을 감은 채
떨어져 나간 왼팔을 찾아
무얼 그리 버둥거리시나요

왼팔을 찾는대도
다리를 절고
눈을 감은 그대에게는
무슨 의미가 있는가요

정색을 죽이고
웃음을 거꾸로 매달며
나는 그대를 기다립니다

미소를 토막 내고,
아예 감정 자체를 난도질하며
나는 그대만을 기다립니다

애린

나의 손에 박인 굳은살은
날카로운 칼을 휘두르느라,
그러느라 박인 것이지

오른손에는 무기를,
왼손에는 방패를 들어야 하건만

한 손에 다른 것을 들어야만 한다면
나는 방패를 버리고
왼손에 그것을 들겠소

오른손의 칼로
나의 앞의 모든 것들을
베고, 찌르고,
숨을 앗아가며
나아가겠소

막지 못해도
막기 전에 벤다면,

베인다 해도
베이기 전에 벤다면.

흩날리는 분홍빛 꽃잎에
붉은 꽃잎 더하리오

부는 푹신한 바람결에
붉은 비린내 더하리다

사랑과 사람과 사란에
이름 세 글자 못 적어도
이 시간은 새기리라

0124

그대여
그림자의 무게를 아는가
색 있는 것에 휘둘릴 수밖에 없는
흑백의 것에 대하여 아는가

바람은 우리를 떠밀며
절벽 밑으로, 밑으로 향하게 한다
우리에게 달린 날개를 알려주려고

내게는 날개가 없다고
발버둥 치며 비명 질러도
바람은 그깟 자잘한 것들에 신경 쓰지 않는다

탁자에 빈 컵이 덩그러니 놓여있다
누군가는 컵에 물을, 주스를, 우유를, 술을,
아니면 붉은 그의 피를 채우겠지

나는 그저 바라보는 쪽에 속한다
빈 컵만이 가지는 무게와 분위기를,
깨어지고 난 뒤 조각의 개수를 생각한다

죽음은 어둠보다는 빛에 가깝다

온갖 부정적인 것들의 빛깔도
검정보다는 백색에 가깝다는 말이다

사진 속에서 말없이 웃는 그대는
실제 그대와는 다른 사람이리

무엇에도 구애받지 않고
무엇도 신경 쓰지 않는
그대는
그대라는 사람은

현

나의 절실한 부탁은
철없는 욕심이 되어
그저 어리게만 보이는,
그런 것입니까

나의 고통을 담은 절규도
어린아이의 칭얼거림이 되어
괜한 투덜거림으로 바뀌어버리는,
그런 것입니까

한쪽 다리를 절며
비틀대며 걷는
이런 내가 안길 곳은
어디란 말입니까

검은 옷깃을 세우고
주위를 경계하며 걷는
이런 내가 잠들 곳은
대체 어디 있다는 말입니까

육신의 피곤함은
정신의 피곤함보다 덜하다지만

육신의 피곤함이
정신의 피곤함에 닿을 정도라면

내가 어느 정도의 피곤함에 잠겨있을지
조금은 짐작이 되시겠지요

나의 사랑인 그대는
이 세상에 하나뿐인 사랑이라 믿었는데

나의 사람인 그대는
이 세상에 유일한 사람이라고 믿었는데

민들레

민들레의 삶은
우리의 삶이다

궂은 행동과
힘든 현실에 얽매여
억척스레 살다가
어여쁜 꽃을
잠시, 아주 잠시
화하게 피우고는
자기의 새끼들을
힘겹게 받치다가
누군가의 발길질에
거센 바람에
혹은 어쩌면
허리가 꺾인 채
불어오는 입김에
제 새끼들을 날려 보낸다

그 후 민둥머리로
삶의 의미를 잃은 민들레는
도로변에 버려진다
아무것도 아니었던 것처럼
단지 새끼들을 날려 보내기 위해
지금까지 살아온 것처럼
그게 존재 이유였던 것처럼

궂었던 행동과
힘들었던 현실과
억척스러웠던 삶과
어여쁜 꽃이었던 날들이
없던 일이 된 것처럼
별 가치가 없는 것처럼

쓸쓸하게 내팽개쳐진
민둥머리 민들레는
무슨 생각을 하고 있을지

믿음에 관하여

처음부터 다시 시작한다면
우리의 결말은
지금과는 달리 끝맺어질까

처음으로 다시 돌아간다면
우리의 결말은
지금과는 다른 모습이 될까

어슴푸레 보이는 빛 한 줄기를 따라,
시리게 차가운 태양을 따라가며
나는 바람에 맞서 몸을 웅크리네

무언가 희망이 보여진다면
그 희망을 따라 절뚝절뚝 걸어가며
그대도 무언가에 맞설 준비가 되어있나

나는
나이며
나일 것이다
이건 변하지 않는 사실이겠지

그대는
그대이며
그대일 것이다
이것 또한 변하지 않을 사실이겠지

아침이 오면 뚜렷하게 밝혀질 것이다

내가 나인지
그대가 그대인지

우리가 진정 우리인지

치열하게

꿈에서조차 이루지 못할 것들을
우리는 현실에서 이루어야 한다

내일이 오리라는 확신도 없으면서
어제의 내일인 오늘이 왔으니
오늘의 내일에는 무엇을 할지 준비해야 한다

삽과 괭이, 곡괭이
망치 혹은 모루까지

파헤치고 뒤틀리게 하고 부수고
균열을 만들기 위해서
우리는 어디까지 할 수 있나
대체 어디부터 어디까지

동물과 인간을 구분 짓는 것은
자기의 존재에 대한 확신이다

동물은 자신을 믿는다
인간은 자신을 믿지 못한다

동물은 오늘을 살고
오늘을 기어이 살아내면서
언제나 오늘에서 살 것이다

인간은 오늘에 서서
오늘을 그저 흘려보내면서
언제나 내일에서 살기를 바랄 것이다

묶인 매듭을 푸는 것은
손의 부르틈에 동반되는 오랜 시간이 아니라
날카로운 칼날에 있다

삶의 옭아맴에서 빠져나오는 것도
상처 입어가며 신음을 참는 것이 아니라
날카로운 칼날에 있다

하나

눈물이 잔뜩 모여있는
하얀 세면대의 앞에 서서
거울 속의 우는 사람을
동정할 수 있나

서툴게 화장을 하고
빨간 가발을 쓰고
한 손에는 술을 들고
다른 손에는 담배를 들고
찢어진 정장을 입고

세면대에 담긴
눈물에 눈물을 더하여
눈물을 넘치게 하네

그 눈물에 닿는다면
모든 것들은
따라 울어버릴 거야

행복으로 차있는 삶의 부분보다
행복이 없는 삶의 부분을 보며
죽도록 슬퍼할 거야

빨간 와인은 그의 피를 모은 것
세면대에 눈물을 모은 사람이니까
와인 한 병 정도는 괜찮은 거잖아

바람 한 점 불지 않는 날에도
우리는 밀쳐지고 밀쳐지다
저 허공으로 떨어져 버리고 말 거야

그렇게 죽고 말 거야

검은 잎

무언가를 찾으려
걷고 파헤치고 뛰었는데
이제는 무언가가 무엇인지
도저히 모르겠네

뒤를 돌아봐도
너무나 낯선 이곳에

나는 무엇을 위해
손과 발에 물집을 생기게 하고
쓰라림과 아픔을 버티며
하늘 한 번 쳐다보지 않고 왔나

익숙했던 넘어짐은
더는 익숙하지 않아
나는 새삼스럽게 아파하네

온몸에서 들려오는
고통의 신음들이
귀를 찢을듯한 절규가 되어
내 영혼을 조각내고 또 조각낸다

서툴게 남은 기억에게
안녕이라는 말을 던진다

삐뚤빼뚤한 목소리를
새까만 구두에 하얗게 적는다

밀린 기억이 몰아친다면
이곳의 존재하는 이유와
나의 존재 의의를 알게 될까

마냥 숨고 싶고 수줍은 지금이
무뎌진 어제가 되어
익숙하게 되어버리는 걸까

또, 새기는 기록

이번 삶은 참으로 고되고
또한 고역이었다

아니, 이번 삶도 참으로 고되고
또한 불행이었다

하고 싶은 말들을 하지 못했고
하고 싶은 사랑을 하지 못했고
하고 싶은 행동을 하지 못했다

또, 하고 싶은 말들을 하지 못했고
또, 하고 싶은 사랑을 하지 못했고
또, 하고 싶은 행동을 하지 못했다

갖고 싶은 사람을 갖지 못했고
갖고 싶은 사랑을 갖지 못했고
갖고 싶은 미래를 갖지 못했다

또, 갖고 싶은 사람을 갖지 못했고
또, 갖고 싶은 사랑을 갖지 못했고
또, 갖고 싶은 미래를 갖지 못했다

하고 싶지 않은 것을 하며
갖고 싶지 않은 것을 가지며
남들이 보기에는
충분하리라 여겼을 만한 삶을,
나에게는 부족하게 느껴지던 삶을,
그런 부족한 삶을 살았다

또, 하고 싶지 않은 것을 하며
또, 갖고 싶지 않은 것을 가지며
또, 남들이 보기에는
또, 충분하리라 여겼을 만한 삶을,
또, 나에게는 부족하게 느껴지는 삶을,
또, 그런 부족한 삶을 살아야 하나

아리

온화했던 그대가
내뿜는 한기에
녹아내리던 나는
얼어버렸으니

따스했던 그대가
내놓은 냉기에
녹아내리던 나는
굳어버렸으니

그대의 온화에 익숙해져 버린,
그대의 모든 것이 당연해져 버린
내게는 이런 꼴이 어쩌면 당연한 것이지

그대의 따스함에 적응해버린,
그대의 모든 것을 당연하게 받은
내게는 이런 꼴이 이리도 당연한 것이지

다시 내게 기회가 주어진다면
그대의 온화함에
나도 온화함으로 마주할 테니
부디 얼어버린 나를 녹여주오

만약 내가 시간을 되돌린다면
그대의 따스함에
나도 따스함으로 대답할 테니
부디 굳어버린 나를 풀어주오

미안하오

다시, 미안하오

이리 하셔도 그럴 것입니다

그리워하지 말라는
그대의 마지막 말에
힘을 실어주고자
그대는 이리 매몰차게 멀어지십니까

추억하지도 말라는
그대의 마지막 말에
힘을 보태어주려
그대는 이리 서글프게 떠나가십니까

그토록 맑던 마음과
그토록 빛을 내던 미소를 지우고
슬프게도 아려오는 눈맞춤으로
그대는 이리 멀어지십니까

그토록 밝던 웃음과
그토록 아름답던 표정을 숨기고
베일 듯하게 날이 선 말을 뱉고는
그대는 이리 떠나가십니까

내가 보았던 그대의 웃음과
그대의 해맑은 표정을 나는 기억합니다
그대가 숨긴 것들을 나는 가지고 있습니다

내가 소유한 그대의 웃음과
그대의 해맑은 표정을 빼앗아 가신대도
내게 새겨진 그대를 난 잊지 못할 것입니다

그대께서 멀어지셔도
내 안의 그대는 멀어지지 않을 것입니다

그대께서 떠나가셔도
내 안의 그대는 떠나가지 않을 것입니다

물

목이 말라서
오백 밀리 물 한 통을 마시다가

목이 말라 보여서
자라난 들꽃에게 물을 부었어

나는 갈증이 사라져서
물을 그만 마셔도 되지만

꽃은 얼마나 견디면서
물을 바라왔을지 모르니

나의 물을 꽃과 공유하면
나뿐만이 아니라 꽃도 좋으니까
나만 좋은 것보다는
꽃도 좋은 게 좋으니까

얼마 되지 않는 물이라도
나눠 마신다는 것이 우리에게는
참 특별한 의미니까
나눔은 우리의 이유니까

그러나 겁이 나기도 해

나는 갈증이 사라지면
내가 알고 그만 마시는데
꽃은 갈증이 사라져도
내가 알 방도가 없으니까

나는 물에 잠겨버리면
헤엄쳐 나와 숨을 몰아쉬는데
꽃이 물에 잠겨버리면
헤엄칠 방도가 없으니까

피어남을 지나친 중간부터 결말까지

펄럭이는 깃발은
바람의 세기를 알기 위함이냐
깃발에 새겨진 우리의 무늬를 세상에 드러내기 위함이냐

갖춰 입은 의복은
예절을 위함이냐
살아야 할 우리와 죽어야 할 적을 구분하기 위함이냐

강건한 절개와 굳은 믿음,
하얗게 세어버린 머리칼을 보며
나는 세월의 속도를 짐작했지

황금빛 장신구들과 값비싼 보물들,
왕도를 걷는 그 웅대함을 보며
나는 따라잡을 수 없음을 알아챘지

나의 잠자리는 관이요
나의 못자리는 시체들의 안방이다

나의 먹을거리는 죽은 것들이며
나의 들숨은 누군가의 마지막 날숨이다

마른 비 오던 날
깃발을 흔들며
의복의 먼지를 털었지

젖은 해 떠오르던 날
흰 머리칼을 말리며
황금빛 보물들의 주인을 바꿨지

보석을 몸에 두른 이들의 말로는
놋과 구리 등의 금속과 함께이고

구리와 철 등을 손에 쥔 이들의 끝은
푸르게 빛나는 보석 하나와 함께이다

그러시오. 아니, 그럽시다

잊어야 한다면
그대를 잊겠소

그대도 나를 잊으시오
잊도록 하시오

차피 우리의 사랑은
거짓으로 범벅되어
결별의 말을 누가 먼저 꺼낼지
고민하는 단계였잖소

지워야 한다면
그대를 지우겠소

그대도 나를 지우시오
지우도록 하시오

차피 우리의 행복은
우리 서로에게조차
그 무게가 느껴지지도 않는
번지르르한 가짜였잖소

우리가 서로를 잊어도
아무런 일도 벌어지지 않을 거요
우리의 사랑은 거짓이었으니까

우리가 서로를 지워도
누구도 불행하지 않을 거요
우리의 행복도 가짜였으니까

가시

당신의 낡은 양복에는
첫 면접의 긴장과
낯선 직장 생활의 설렘과
익숙해진 직장 생활의 고단함과
당신의 아이의 태어남과
당신의 아이의 죽음이
온통 묻어있네

당신은 낡은 양복을 입고
첫 면접을 보고
첫 직장 생활을 하고
첫 직장 생활에 익숙해지고
첫 아이의 태어남을 보았고
첫 아이의 죽음을 보았고
처음들을 보았네

끝없이 추락하는
당신을 보고
또한, 당신을 보며
그대는 초점 없는 눈으로
나를 보았지

끝없이 죽어가는
나를 보면서
또한, 나를 보면서
그대는 아픔이 묻은 눈으로
그대를 보았지

나와 그대는 어쩌면
같은 것을 본 것일지도 몰라

나와 그대가 달랐다면
다른 것을 보았을지도 몰라

미안합니다, 미안합니다, 미안하지만

한 번 더
한 번만 더
그대를 안고 싶다는
나의 마음이
그리 큰 욕심입니까?

한 번 더
한 번만 더
그대를 보고 싶다는
나의 마음이
그리 큰 욕심입니까?

내가 황금을 바랍니까?
아니면 지위를 바랍니까?

부디 한 번 더
한 번만 더
그대를 안고
그대를 보고
떠나간다는 것이,
그것이 그리 추악합니까?

부디 한 번 더
제발 한 번만 더
그대를 안고
그대를 보고
멀어진다는 것이,
그것이 그리 못났습니까?

나의 존재가 그대에게는 싫습니까?
나의 존재 자체가 그대에게는 밉습니까?

꿈과 사랑이란

꿈은
가을 초입에 남겨진
여름의 아지랑이처럼
말없이 옅어지고
그렇게 사라집니다

사랑도
겨울의 입구에 깔린
가을의 낙엽들처럼
그 색이 바래지고
그렇게 치워집니다

꿈과 사랑은
계절과 계절의 사이에
자리 잡은 문인 듯이
다음 계절을 위해
여닫을 뿐인 것으로 전락하고,
전락해버리고 말았습니다

그렇습니다
꿈도, 사랑도
우리에게는 그저
의미 없는 단계가 되어
필수는커녕 필요에도 남을 수 없게 되고,
남을 수 없게 되어버리고 말았습니다

현실이란 이런 것이라고
내뱉었던 그대를,
그대의 입을 꿰매버리고 싶습니다

환상에서 빠져나오라고
닦달하던 그대를,
그대의 가슴을 베어버리고 싶습니다

거짓말

거짓말,
거짓말이,
거짓말이라도

나를 살아가게 했으니
그건 거짓말이 아닌 것이어요

거짓말,
거짓말이,
거짓말이나마

나를 살게 해줬으니
그건 거짓말이 아니어야 해요

나의 우정이었던 것을
나의 친구가
도로 앗아가려 하고

나의 사랑이었던 것을
나의 연인이
도로 뜯어가려 하고

나의 모든 것을
나의 모든 것이었던 것들이
도로 되돌려달라고

한다면, 그리한다면
나는 도로 드리리오

나를 이루었던 것들을
모두, 모두 돌려드리리오

흔들리는 손

그대가 손을 좌우로 흔드는 것은
작별입니까
아니면 환영입니까

작별이라면
나중에 다시 보자는
약속입니까
아니면 영원한 헤어짐입니까

환영이라면
간격이 새겨진 재회에 대한
반가움입니까
아니면 낯선 이와의 첫인사입니까

작별이든
환영이든

작별이든
약속이든
헤어짐이든

환영이든
반가움이든
첫인사든

저는 개의치 않고
마주 손을 흔들겠습니다

그 속뜻은 오직
사랑뿐일 것입니다

여보게

생을 살아가며
슬픔이 어찌 없겠는가
고통이 어찌 없겠는가

삶을 살아가며
눈물이 어찌 없겠는가
아픔이 어찌 없겠는가

하지만 하늘은 우리의 삶에
견딜 수 있는 것들만 주신다네
부정과 긍정, 모두 말일세

생을 살아가다 보면
슬픔의 뒤에 기쁨이 오고
고통의 뒤에 위안이 온다네

삶을 살아가다 보면
눈물의 뒤에 미소가 오고
아픔의 뒤에 치유가 온다네

하늘이 그대에게 흠집을 내도
그대가 견디고 또 견뎌낸다면
하늘은 반드시 그것을 메꾸어주신다네

그러니 울음을 거두게
시간이 지나 웃음의 시간이 되면
우느라 갈라진 목소리가 창피해질걸세

그러니 눈물을 거두게
시간이 지나 미소의 시간이 오면
눈물 자국이 부끄럽게 느껴질걸세

떠나려 하던 나에게

너가 나를
몇 번이나 살렸는지
너는 모를 거다

내가 영원히
숨고 싶을 때
너는 나를 찾아주었지

내가 영원히
떠나고 싶을 때
너는 나를 잡아주었지

내가 영원히
죽고 싶을 때
너는 나를 살려주었지

너가 내게
어떤 사람인지조차
너는 모를 거다

내가 한없이
작아지고 있을 때
너는 나를 키워주었지

내가 한없이
눈물에 잠길 때
너는 나를 꺼내주었지

내가 한없이
죽고만 싶었을 때
너는 또 나를 살려주었지

너 때문에 아니, 너 덕분에
나는 오늘을 살 수 있는 거지

네 번째
10일간의 기록
(2022 / 03 / 01 ~ 10)

2021. 9. 12. 초록길

90 - 117

사열이(沙熱伊)

겨울의 눈바람이 싫어
창문을 굳게 닫고
문을 걸어 잠그면

눈 내리는 소리와
눈 쌓이는 소리가
소복소복 들려온다

추위를 싫어하는 이들은
이곳에 살기 힘드리

밤하늘 빛나는 별만큼
눈송이 따라내려
옷깃을 여민다

밤하늘 빛나는 별만큼
찬 바람 크게 불어
모자를 눌러쓴다

저마다 아름다운
서늘한 모습들은

겨울에 국한되지 않고
겨울에 매여있지 않는다

저 눈바람이 그치면
닫은 창문을 열고
햇빛을 맞이하리

저 추위가 멈추면
걸어 잠근 문을 열고
온기를 마주하리

부디

가로등 아래
쓰러진 여인에게
힘을 주소서

철책 앞에
서게 된 사내에게
용기를 주소서

국경을 건너는
어린 소년에게
안도를 주소서

부모를 떠나는
어린 소녀에게
평화를 주소서

가족을 사랑하는
사람들에게
사랑을 주소서

이웃을 사랑하는
사람들에게
사랑을 주소서

부디 그들 모두에게
행복을 주소서

행복이 기다리게 하여주소서

어기여차

떠올리고 떠올리다
검게 때 묻어버린 사랑은
돌이킬 수 없네

매만지고 매만지다
검게 그을려버린 사랑은
되돌릴 수 없네

결말은 또 다른 시작이요
시작은 결 다른 결말이다

불로 죽은 것은
불로 태어나리

물에 죽은 것은
물에 태어나리

숨 쉬지 못해 죽은 것은
숨 쉬며 태어나리

눈뜨지 못해 죽은 것은
눈뜨며 태어나리

어기여차 나아가자
미련에게 이별을 말하고
어기여차 나아가자

어기여차 떠나가자
남겨진 것에 작별을 고하고
어기여차 떠나가자

눈을 감아도

눈물이 죽는 곳으로,
슬픔이 죽는 곳으로 가자.

아픔이 없는 곳으로,
고통이 없는 곳으로 가자.

따스한 여름밤이면,
어두운 바람 불어올 때면
그대를 향한 편지를 실어 보냈지.

차가운 겨울밤에도,
빛나는 눈송이 내릴 때도
그대를 향한 마음을 차게 섞었지.

내 모든 것을 준다는 것은
모든 것을 되돌려받지 않겠다는 말이며,

내 모든 것을 준 그대가 떠나갔다는 것은
모든 것이 사라졌다는 말이다.

백사장의 모래와
한겨울의 눈을
구분하지 못하는 그대여,

나는 백사장 위에 서서
한겨울의 눈을 받으며
아직 그대를 떠올린다.

모르고

이별에 무뎌지기 위해
감정을 추스르려고
만남의 기쁨까지 크기를 줄였습니다

더 슬퍼하지 않기 위하여
더 기뻐하지 않으려 했습니다

그대를 사랑하는 만큼
그대를 미워하게 될 수 있다면

그대를 미워하는 만큼
그대를 사랑하는 것이라 여겼습니다

누렇게 색이 바랜 그리움을 보며
나는 무사히 그대를 견뎌내고 있구나, 하며
안도했던 날들이
아직 그대를 사랑하는 날들에 섞여
새로운 빛을 이렇게 띠게 될지도 모르고,

마음 한편에 고이 접어놓은
그대의 숨이 묻은 옷을
꺼내 끌어안고 이렇게 울지도 모르고.

그대를 아직 사랑하는 내가
이렇게 될지도 모르고.

그리하라

아픔을
표현하지 말라

너의 사람들이란
들판의 이리와 같아

너의 약점을
기억하고 있다가

너가 나약해질 때
그 아픔을 증가시키고
너의 것을 빼앗으려 들 테니

너를 지켜줄 것은
오직 너뿐이다

*

상처를
드러내지 말라

너의 사람들이란
하늘의 수리와 같아

너의 상처를
간직하고 있다가

너의 잠에 들 때
그 상처를 크게 벌리고
너의 것을 강탈하려 할 테니

너를 막아줄 것은
오직 너뿐이다

의림지

용추폭포의 웅장함에 관하여

고인 물이
한이 맺혀
터져 나오듯
그 안에 가득한
울분에 관하여

연꽃 맺힌 방죽의 어여쁨에 대하여

고인 물에
눈물 차올라
번져가듯
그 안에 가득 피어난
연꽃에 대하여

여름이 와
새하얀 오리배에 올라타
페달을 밟노라면

세네 마리 오리들이
동질감이라도 느끼는지
무리 지어 다가온다

겨울이 와
투박한 눈썰매에 올라타
이리저리 오간다면

여러 마리 빙어들이
외로움이라도 느끼는지
얼음 천장을 두들긴다

그대에게

얽매인 그대여
얽매이지 말아요

묶인 그대여
묶이지 말아요

얽매이고 묶이면
그대가 떠나고 싶을 때
떠날 수 없어요

묶이고 얽매이면
그대가 자유롭고 싶을 때
자유로울 수 없어요

뿌리내리는 것은
속박되는 것과 같고

뿌리내리는 것은
멈춰서는 것과 같아요

꽃처럼 아름다운 그대
꽃처럼 살지 말고
새처럼 살아요

바위처럼 감내하는 그대
바위처럼 살지 말고
돌처럼 살아요

그 어느 곳에도,
그 어느 것에도
얽매이지 말고
묶이지 말고
그렇게 살도록 해요

나의

그대를 떠올릴 때면
나의 빈약한 상상력이
그대를 온전히 그려내지 못한다며
어두워질 때가 있습니다

내가 그대를 글로 적을 때면
나의 빈곤한 창의력이
그대를 온전히 적어내지 못한다며
슬플 때가 있습니다

기다린다고
수없이 떠올린 그대에게
전해주고 싶어도

나의 기다림은 빈약해서
아마 그대에게 전해지지 못할 것입니다

기다린다며
수없이 적었던 그대에게
말해주고 싶어도

나의 기다림은 빈곤해서
역시 그대에게 향하지도 못할 것입니다

괴로운 속앓이의 끝이
아침일지, 저녁일지조차
저는 모릅니다

아마 영원히
저는 모를 것 같습니다

나는 그대가 아니라서

나는 그대가 아니라서

그대의 작은 생각까지는
나는 헤아릴 수 없어서

그대가 사랑한다고 말해도
그것이 그대의 진심인지
나는 알 수가 없어서

그대의 상처가 곪고
붉은 피가 흘러나와도
감히 그대의 기분을
나는 짐작조차 하지 못해서

술을 마시고
담배를 피우는
그대라서

술을 마시지 않고
담배를 피우지 않는
나라서

언제나 해맑고
기쁨을 참지 못하는
그대라서

언제나 슬프고
눈물을 참지 못하는
나라서

되어버려서

갈수록 늘어나는 것은
오직 눈물뿐이라

수없이 많을 내일들을
수없이 많은 오늘들로 지새우며
늘어나게 된 것이라고는
오직 눈물뿐이라서

타올랐던 모닥불이
눈물에 적셔져
하얀 연기로 남겨져

더는 바람이 불어와도
불길이 일렁이지 않을 정도로
축축하게 적셔져서
하얀 연기가 되어버려서

*

갈수록 커져 가는 것은
오직 슬픔뿐이라

수없이 많은 오늘들을
수없이 많았던 어제들로 견뎌내며
커져 가게 된 것이라고는
오직 슬픔뿐이라서

작지 않던 사랑이
슬픔에 짓눌려
검은 자국이 되어

더는 행복이 불어와도
슬픔이 움직이지 않을 정도로
납작하게 짓눌려서
검은 자국이 되어버려서

악몽

꿈을 꾸면
필히 악몽이라서

벗어나려 해보아도
벗어나지 못하고

절망에 몸부림을 치며
넘어지고 다치다가

격한 호흡과 함께
익숙한 천장을 보게 돼서

상처를 헤집고
멍든 자리를 들쑤시며
고통과 함께 깨어나서

*

꿈을 꾸면
필히 악몽이라서

멀어지려 해보아도
멀어지지 못하고

고통에 절규를 뱉으며
멈추어 서고 울다가

땀으로 범벅이 된 채로
익숙한 공기를 맡게 돼서

추억을 망치고
슬픈 기억을 되짚으며
눈물과 함께 일어나서

봄, 꿈, 손. 다시 봄

아스라이
저 너머로
사라지는 것은

내가 아는 것인가
모르는 것인가

안다면 아는 대로
아파할 텐데

모른다면 모르는 대로
슬퍼할 텐데

구름이 들이닥쳐
안개라는 이름이 되어
나를 죄어오니
숨쉬기도 쉽지 않다

희끄무레한 감정이
한없이 추락하고
짙게도 번져가는데

허여멀건 나는
무엇을 기다리며
이곳에 묶여있는가

떠나고 싶은 것인가
떠나고 싶지 않은 것인가

생각을 보존하고
머리를 온전하게 하자

기나긴 풀이가
우리를 기다린다

바랍니다

눈물이 미워
눈을 감았고

세월이 미워
숨을 거뒀나

찬 바람
불어올 적에
나는 당신을 떠올린다

아픔이 미워
몸을 피했고

고통이 미워
여길 떠났나

흰 구름
드리울 적에
나는 당신을 떠올린다

당신을 향한
나의 이 마음은
꽃이 피는 것과 같고

당신을 위한
나의 이 생각은
꽃이 지는 것과도 같다

따스한 봄날
다가올 때에는
당신이 다가오기를

차가운 겨울
덮쳐올 때에도
당신이 찾아오기를

우리 그냥

우리 그냥 죽어버릴까요?

친구도
가족도
그 누구도
우리를 생각해주지 않는데
왜 삶을 이어가야 하나요?

그대가 없었다면
진작에 끊었을 삶

그대의 생각도
나와 같다면
그대 나와 같이 가요

생각이 없는 곳으로
나와 함께 가요

*

우리 그냥 죽어버릴까요?

시간도
세상도
그 무엇도
우리를 기다려주지 않는데
왜 삶을 살아가야 하나요?

그대가 없었다면
진작에 끝났을 삶

그대의 마음도
나와 같다면
그대 나와 같이 가요

기다림이 없는 곳으로
나와 함께 가요

그곳으로

파도와 바람이
서로에게 부딪히는 곳으로

하얀 거품이
그들의 증거로 남아
해안가로 떠밀려오는 곳으로

슬픔과 아픔이
서로에게 밀려오는 곳으로

빨간 상처가
그들의 흔적으로 남아
삶으로 다가오는 곳으로

해가 저문다
밀밭이 저문다
밀이 고개를 숙인다
밤이 온다

해가 저문다
벼밭이 저문다
벼가 자세를 숙인다
밤이 다가온다

어둠이 밀릴 때까지
숨을 참아야 하는
밀들을 위하여

어둠이 떠날 때까지
숨이 멎어야 하는
벼들을 위하여

이기적인 기도

창살 안 동물들의 감정을
창살 밖의 나는
도무지 알 수 없다

그저 꾸준하게 먹이를 주고
가끔은 창살을 열어 몸을 씻겨주고
그들의 흔적을 치워줄 뿐이다

이런 나의 행동들에
그들이 기뻐할지도 나는
도무지 알 수 없다

그저 그들의 편의를 봐주며
그들을 존중해주고
그들이 기뻐하기를 바랄 뿐이다

결국 그들을 죽이고
그들의 고기를 헤집고 분리해
그들을 팔아야 하는 나는
영원히 그들을 알 수 없을 것이다

그들의 젖을 짜내고
그들의 새끼를 떼어내고 묶으며
그들을 팔아야 하는 나는
절대로 그들을 알 수 없을 것이다

그들이 죽기 전에
그들의 몸에 손을 얹고
잠시 기도를 할 뿐이다

그들의 몸은 남겨져도
그들의 영혼만은
천국으로 가기를 바랄 뿐이다

알았다면

우리가 멀어지고
우리의 사랑이 의미를 잃게 될 것을
그때의 우리가 알았다면

우리가 헤어지고
우리의 시간이 무게를 잃게 될 것을
그때의 우리가 알았다면

어제의 행복을 기준 삼아
오늘의 행복을 예상하지는 않았겠지요

오늘의 행복을 배경 삼아
내일의 행복을 그리지는 않았겠지요

오지 않을 내일을 떠올렸던
어제와 오늘의 그대가
너무나 불쌍해서
눈물 흘립니다

오지 않을 내일을 그렸던
어제와 오늘의 내가
너무나 서글퍼서
눈물 흘립니다

우리의 눈물의 무게가
똑같을지는 모르겠지만
그대가 슬퍼하는 만큼은
나도 슬퍼할 것 같습니다

우리의 고통의 세기가
똑같을지는 모르겠지만
그대가 아파하는 만큼은
나도 아파할 것 같습니다

잠

잠든 나의 머리를
쓰다듬으면서

그대는 어떤 마음으로
잠에 들 준비를 하였나

우리가 누운 곳은
한 명이 가시 위에서 잠을 자야
남은 한 명이 짚 더미 위에서
잠잘 수 있는 곳이기에

그대의 등에 박혀
그대의 피를 뽑아낸
그 가시들을 생각한다

그대가 느꼈을 고통을
백만분의 일 정도 느낀다

*

잠든 나의 몸을
토닥이면서

그대는 어떤 생각으로
나를 바라보았나

우리가 있는 곳은
한 명이 불침번을 서야
남은 한 명이 그나마 평화롭게
잠을 청할 수 있는 곳이기에

그대의 눈에 비쳐
그대의 잠을 훔쳐간
그 시간들을 생각한다

그대가 느꼈을 공허를
천만분의 일 정도 느낀다

삶의

칼질 한 번과
총알 하나
아니지,
주먹 한 번 휘두름에도
삶은 떠나갈 수 있다

날붙이 한 가지와
미사일 하나
아니지,
손가락 한 번 찌름에도
삶은 멀어질 수 있다

삶의 무게는
우리가 생각하는 것보다
훨씬 가볍고

삶의 농도는
우리가 예상하는 것보다
훨씬 연하다

아무렇지 않다는 것은
아무것도 필요 없다는 말

무엇이든 괜찮다는 말은
무엇도 필요하지 않다는 말

내일이 오면
우리는 같은 마음으로
웃을 수 있을까

아파하지 않고
웃을 수 있을까

검정

검은 필름이 늘어난
검은 비디오테이프는
더 살지 못한다

마찬가지로
검은 그림자가 늘어난
검은 밤의 어둠도
더 살아가지 못한다

비디오테이프와 어둠은
그 안에 담겨있는 것이
많을수록 길어져만 가서

아무리 뽑아내고
손목에 굵게 감아봐도
그 끝을 찾지 못한다

검은색이 모든 색을 물들이듯
검정이라는 것은
결국 모든 것에 영향을 끼치는 것인가 보다

검은색이 모든 색을 어둡게 하듯
검정이라는 것은
이미 모든 것에 영향을 끼쳤나 보다

하얀 침대 위에 누워
하얀 베개를 베고
하얀 이불을 덮으면
하얀 잠을 잘 수 있을까

온통 검은 나도
하얗게 될 수 있을까

바람과 비

바람이 불어와서

불어온 바람이
머리칼을 헝클어뜨려서

바람이 사라지고
정돈되지 않은 머리로는
아무것도 생각나지 않아서

다시 바람이 불어오면
내가 반감을 가질지
아니면 환영을 할지조차
짐작을 못 해서

*

비가 내려와서

내려온 비가
머리칼을 적셔버려서

비가 없어지고
온통 축축한 머리로는
아무것도 떠올리지 못해서

다시 비가 내려오면
내가 부정을 해버릴지
아니면 긍정을 할지조차
깨닫지 못해서

그대를 나는

찬란하게 빛을 내는 그대는
그 어느 곳에서 상처를 입었기에
그 빛을 이리 내게 보여주게 되었나

아름다운 색을 가진 그대는
그 어느 때에서 균열이 생겼기에
그 색을 이리 내게 알려주게 되었나

그대의 빛의 밝기를
나는 가늠하지 못한다

그대의 색의 농도를
나는 짐작하지 못한다

그저 빛나는 그대를 보며
홀로 경외감을 가질 뿐

그저 어여쁜 그대를 보며
홀로 감탄을 할 뿐

그대의 빛의 색과
그대의 색의 빛을
나는 가늠할 수 없다

그대의 색의 빛과
그대의 빛의 색을
나는 짐작할 수 없다

라일락꽃이 마당에 피어난 문이 열린 집

언젠가 그대가 돌아오면
그대가 기뻐할 수 있게

우리의 마당이었던 곳에
라일락꽃을 심어두었습니다

씨앗이 싹을 틔우고
라일락꽃이 수더분히
마당에 자리할 테니

그대가 돌아오고 싶을 때
돌아오시면 됩니다

라일락꽃은
영원히 지지 않을 것입니다

*

언젠가 그대가 돌아오면
그대가 웃을 수 있게

우리의 집이었던 곳에
닫혀있던 문을 열어두었습니다

여름이 가고 겨울이 와도
오로지 그대만을 위해서
문이 열려있을 테니

그대가 돌아오고 싶을 때
돌아오시면 됩니다

열린 문은
영원히 닫히지 않을 것입니다

염불

미운 그대
아픈 내게
다가오는가

아픔에 익숙해져
상처도 아랑곳하지 않는
나를 보면
그대는 아파할까

나는 아직 그대가 미워
그러니 천천히 와줘

그대를 향한 나의 미움이
번지고 번져가다가
희미해질 때가 되면
그때 나를 불러줘

미운 그대
슬픈 그대
불어오는가

슬픔에 익숙해져
눈물도 신경조차 쓰지 않는
나를 보면
그대는 슬퍼할까

나는 아직 그대가 미워
그러니 조심히 와줘

그대를 향한 나의 미움이
빛나고 빛나다가
어두워질 때가 되면
그때 나를 불러줘

잊고 또 지움이란

이 세상에
잊어야만 하는 것은 없다

잊고 싶은 것만
있을 뿐이다

잊음이란 비움이며
잊음이란 지움이라

마음을 굳세게 잠그는 것밖에는
나을 방법이 없다

지나간 시간은
후회가 되고

후회는 곧 그리움이 된다

이 세상에
지워야만 하는 것은 없다

지우고 싶은 것만
있을 뿐이다

지움이란 삭제이며
지움이란 잊음이라

마음을 굳게 먹는 것밖에는
나아질 방법이 없다

지나간 사람은
사랑이 되고

사랑은 곧 외로움이 된다

밤에

한 모금
나의 눈물을 마시면

한 방울
그대의 눈물이 떨어진다

한소끔
나의 슬픔이 앓으면

한 움큼
그대의 슬픔이 커져 간다

이 밤,
이 방이
너무나 커다래서
쉽사리 잠에 들지 못한다

그때,
그대가
너무나 선명해서
희뿌연 눈동자가 아프다

조용히 안았던
나의 시간은
아직 그곳에 멈춰 있다

말없이 돌아선
그대의 시간도
아직 그곳에 멈춰 있나

텅 빈, 방과 텅 빈, 시간

텅 빈, 방 안이
너무나 광활해서

그대 한 명 없다고
너무나 피폐하고 냉랭해진
텅 빈, 방 안이
너무나 괴로워서

깜빡이는 전등은
그대를 생각나게 해

빛이 들어올 때마다
나는 웃고

빛이 꺼질 때마다
나는 웁니다

*

텅 빈, 시간이
너무나 어두워서

그대 한 명 떠났다고
너무나 서글프고 가물어진
텅 빈, 시간이
너무나 외로워서

새까매진 창밖은
그대를 떠올리게 해

햇빛이 스며들 때마다
나는 웃고

달빛이 번져갈 때마다
나는 웁니다

박제

초판 1쇄 발행   2022. 5. 26.

지은이 장순혁
펴낸이 김병호
펴낸곳 주식회사 바른북스

편집진행 한가연
디자인 김민지

등록 2019년 4월 3일 제2019-000040호
주소 서울시 성동구 연무장5길 9-16, 301호 (성수동2가, 블루스톤타워)
대표전화 070-7857-9719 | **경영지원** 02-3409-9719 | **팩스** 070-7610-9820

•바른북스는 여러분의 다양한 아이디어와 원고 투고를 설레는 마음으로 기다리고 있습니다.

이메일 barunbooks21@naver.com | **원고투고** barunbooks21@naver.com
홈페이지 www.barunbooks.com | **공식 블로그** blog.naver.com/barunbooks7
공식 포스트 post.naver.com/barunbooks7 | **페이스북** facebook.com/barunbooks7

ⓒ 장순혁, 2022
ISBN 979-11-6545-745-7 03810